Y A-T-IL QUELQU'UN POUR SAUVER LE DOC ?

JEAN-MARC MAYENGA

Y A-T-IL QUELQU'UN POUR SAUVER LE DOC ?

Autofiction médicale

JEAN-MARC MAYENGA

La Méridiana

© 2023 Jean-Marc Mayenga
Illustration de la couverture : Éric Géhénot

Conception et réalisation :
Votre Plume 83,
Pascal Delugeau, Écrivain-Conseil® à Draguignan.

Édition : BoD – Books on Demand, info@bod.fr
Impression : BoD – Books on Demand, In de Tarpen 42, Norderstedt (Allemagne)
Impression à la demande

ISBN : 978-2-3224-8699-1
Dépôt légal : Juillet 2023

Le Code de la propriété intellectuelle interdit les copies ou les reproductions destinées à une utilisation collective. Toute représentation ou reproduction intégrale ou partielle faite par quelque procédé que ce soit, sans le consentement de l'auteur ou de ses ayants cause, est illicite et constitue une contrefaçon, aux termes des articles L.335-2 et suivants du Code de la propriété intellectuelle.

I

Je me sens de mieux en mieux. Trois cent soixante jours d'arrêt de travail : j'ai été très malade.

Tous les jours, quand je pense à tout ce qui s'est passé depuis un an, je me dis : « Allez ! c'est une blague ! ». Quelqu'un va venir me tapoter l'épaule et me dire : « C'est fini ! Avouez que je vous ai bien eu. Ici, c'est poisson d'avril toute l'année ».

Je me réveillerais le corps moite et le cœur battant la chamade, tellement soulagé d'être toujours dans ma vie d'avant, celle où j'étais le docteur Malala Ambroise Gérard, dit Le Mag, médecin gynécologue passionné par trois choses : la médecine, le basket-ball et la salsa.

J'avais un beau métier, de beaux patients, de beaux collègues, un bel hôpital, un beau bureau, et même un beau directeur, c'est dire ! Tout était pour le mieux dans le meilleur des mondes. J'étais connu et apprécié partout dans le monde et en ce prochain octobre, je devais présider à Douala, au Cameroun, un congrès international sur la médecine de la reproduction, ma spécialité.

J'avais une belle femme. J'aurais été l'incarnation de la parfaite réussite si j'avais pu sauver mon couple qui venait juste de couler corps et biens au terme de vingt-huit ans de vie commune. Je me rassurais en me disant que la vraie rupture, c'était le mariage et non le divorce. Je me disais qu'il me fallait tenir, bancal et gauche, maladroit et triste, tenir.

Il me restait mon métier, trois beaux enfants et de nombreux amis. Au sortir de la séparation, je me trouvais encore bien malheureux, mais certainement pas le plus mal loti des hommes. Ayant toujours été d'un naturel versatile vis-à-vis du bonheur et ayant entretenu un long commerce avec les philosophies tantôt du désespoir, tantôt de la jouissance, je ne pouvais savoir exactement de quelle hauteur je tombais ni quelle était la profondeur du précipice. La tristesse de l'échec le disputait à un soulagement gris avec une bonne dose de la méthode du professeur Coué. J'étais debout et fier du haut de mon double mètre. Rien ne pouvait m'abattre. J'étais plus fort que toutes les coalitions. Je tenais en respect les montagnes. Il fallait accepter l'abandon, ne pas chercher à combler le vide, ce tonneau des Danaïdes, vivre le jour.

Il me restait aussi le filtranisme, philosophie qu'avec deux amis italiens, le peintre et sculpteur Joseph Pace et le poète Pablo Maria Landi, nous avions pensée trente ans auparavant et qui, à force d'y faire référence, avait fini par nous coller à la peau. Le filtranisme était une philosophie de l'équilibre et de l'homéostasie basée sur le modèle compartimental. « L'homme est une membrane. » Nous partions du principe que, plus forte que tout, plus forte que la vérité et plus forte que tous les impératifs catégoriques, s'imposait à nous, par l'intérieur, l'exigence biochimique et physiologique de l'équilibre.

Nous pensions ceci : « Nous sommes les descendants de milliards d'hommes. Nos cellules sont les descendantes de milliards de cellules. Le corps est un accident cosmique résultant de l'assemblage de plusieurs cellules. La complexité de cet assemblage donne la complexité des êtres. Chez l'homme, il se met à se mouvoir et à penser en une longue évolution au cours de laquelle il a fallu qu'il découvre la pensée elle-même. Avant même l'individuation de cette masse de cellules, cette pensée a été confrontée à la masse de cellules semblables, ce qu'on appelle *les autres*. L'étonnement de l'être commence par la confrontation aux autres semblables. Dans le tourbillon qui a présidé la formation des corps, l'organisation des humains a suivi ce que font déjà les organismes unicellulaires : survie et reproduction. La paramécie se ratatine et perd son eau pour résister à un milieu pauvre. L'hydre, l'un des animaux immortels de la création, donne, quand on la découpe, autant de nouvelles hydres que de morceaux. Aristote, Gallien, Vésale, Harvey, Pasteur : l'évolution de la pensée a précédé la connaissance du corps. Les soins du corps ont mélangé transcendance et immanence, traitements empiriques et pensée magique. Les papyrus égyptiens disaient : « Je peux soigner ou je ne peux pas soigner, avec l'aide de Dieu et de mes pairs. » L'homéostasie des groupes a précédé l'homéostasie individuelle. Le moi, le *cogito*, surgit après deux millions d'années d'existence de l'homme. Ce qui est nommé existe et existait.

Mais que pensaient les premiers hommes qui ont quitté le rif tanzanien pour coloniser le Proche-Orient, l'Europe, pour franchir le détroit de Béring vers les Amériques, descendre vers la Chine et même revenir vers l'Afrique ?

La sédentarisation et les premiers rites funéraires ont vite fait surgir la question du dualisme entre l'âme et le corps qui semblaient inséparables.

Descartes, à la suite des premières dissections de Vésale, spéculait sur la localisation de l'âme au niveau de l'épiphyse, petite glande située à l'arrière du cerveau. Cette intuition prête à sourire puisque la neurobiologie nous apprend maintenant que cette glande joue un grand rôle dans les états « d'âme » encore appelés émotions.

Des particules d'Épicure aux dissections de Vésale, rien n'a changé. Tout était déjà là.

Chez les Kongo d'Afrique centrale, on dit : « moyo », l'âme. Tous les peuples désignent cette chose.

L'homme s'est simplement doté de plus d'arguments pour se proclamer comme l'assemblage le plus sophistiqué de la nature, puisque doté de pensée et d'autopensée. L'homme est donc une construction de cellules qui pensent. Mais l'homme est également une membrane.

Prenons un tissu, c'est-à-dire un assemblage de cellules, tendu entre deux milieux de concentrations différentes.

Le modèle compartimental montre qu'un mouvement va se faire entre les deux milieux par un transport passif ou actif jusqu'à un état d'équilibre.

Maintenant, prenons un assemblage de cellules au sein d'un organisme animé simple comme celui du lombric, organisme doté de deux orifices, apical et caudal, un trou en haut et un trou en bas. Un amas de cellules traversé par la nature.

Par un système déjà complexe, le lombric absorbe la nature, retient les nutriments et rend le reste à la nature. L'homme est un gros lombric.

Le jugement permet de séparer ce qui nous convient de ce qui ne nous convient pas

Les expériences : plaisir, dégoût, douleur, faim, soif, sommeil sont analysables *via* des signaux envoyés au cerveau.

Le corps est lui-même parsemé de « micropuces » qui sont autant de petits cerveaux.

L'appendicite est une réaction inflammatoire de l'appendice, c'est un organe qui participe aux défenses immunitaires ; un résidu mal digéré et incarcéré provoque une réaction, un état nouveau que nous appelons pathologique.

Ce fonctionnement autonome atteint son paroxysme au niveau du tunnel par lequel la nature est en continuité avec nous, le tube digestif, le ventre, les tripes.

Nietzsche dit de l'intestin qu'il a un degré de sophistication prodigieux pour déterminer ce qui nous convient et ce qui ne nous convient pas.

Ceci continue en dehors du fonctionnement de notre cerveau puisqu'un individu en état de coma continue à avoir une fonction digestive et peut faire une intolérance alimentaire.

Le cerveau est le centre de la volonté d'acte, mais il faut que le signal soit clair.

Prenons comme image un accident ferroviaire survenu en Belgique. Un ordre en flamand non capté par le conducteur wallon : le train déraille. La même chose se reproduit au niveau du corps.

À l'inverse, le cerveau garde la mémoire.

Dans les interventions chirurgicales pour douleurs, on peut avoir la lésion retirée et la douleur qui persiste comme dans l'endométriose ou dans le phénomène du membre fantôme. Le schéma corporel étant fixé au niveau du cerveau, chaque intrusion entraînera une réaction de rejet réflexe comme pour un corps étranger. La difficulté à s'exprimer se traduira par un souffle court, par de l'asthme ou par la fameuse extinction de voix tant redoutée par les acteurs de théâtre avant la générale.

Le corps parle. La grande peste de 1348 décima l'Europe. On trouve chez les descendants des survivants des réactions inflammatoires avec, chez certains, de grandes quantités d'anticorps contre l'agent de la peste.

Tout est question de filtre. Le filtranisme est une activité qui, par le raisonnement et la pensée, comme chez Épicure, procure une meilleure homéostasie interne en vue d'une vie heureuse.

Le filtre des grands-mères avec sa porcelaine au milieu retenait les impuretés tout comme la filtration de l'air dans l'industrie ou les hôpitaux.

Chez l'homme, on fait un faux procès aux fèces qui sont une création artistique du corps, bien avant Marcel Duchamp ou Wim Delvoye, témoins de cette homéostasie.

Louis XIV l'avait bien compris en engageant un scrutateur de ses étrons.

« Je suis corps tout entier et rien d'autre », disait Zarathoustra.

Le filtranisme, qui remet la cellule au centre du cosmos, est aussi un cosmopolitisme : il faut filtrer les autres, prendre chez eux ce qui nous fait désir, ce qui nous fait plaisir et la réciprocité s'instaurera *de facto* loin du tas de nos immondices que nous renvoyons à la Nature sans la polluer, car la Nature prend tout, nous traverse, mais filtre sans nous. Nous avons besoin d'elle. Elle n'a pas besoin de nous. Ceux qui entendent ses exigences sont comme ceux qui entendent les réponses de Dieu à leurs questions. Tout est à l'intérieur.

Nous nous disions tout cela, que l'homme était une équation à une seule inconnue : lui-même, et que le voyage intérieur pour trouver l'harmonie était plus long que tous les chemins de Compostelle.

Nous voulions filtrer nos corps, filtrer la vie, filtrer la mort qui nous accepterait quoi que nous fissions et la remercier de nous donner la seule certitude inébranlable, la remercier de nous épargner l'éternité, car si le ciel était au-dessus de nous, l'éternité, c'était l'enfer. Filtrer l'espérance, c'est-à-dire en finir avec l'espérance pour embrasser la vie. Laisser Pascal se consumer en son feu, nous éclairer à notre propre flamme intérieure, l'entretenir avec une discipline et une ténacité néanderthalienne. Construire sans relâche avec les débris de nos espérances mortes, une barque ailée.

Filtrer l'humanité entière même si nos bras étaient trop petits pour l'étreindre.

Le filtranisme était un existentialisme vertueux parce qu'ascendant. Il nous laissait ouverts aux grands frissons des incertitudes, mais nous faisait planter des roses noires dans l'humus de nos corps en jachère.

L'homme était une membrane qui devait concourir à l'accroissement et non à la diminution de la vie, de la joie et de la connaissance.

Comme schtroumpfer chez les Schtroumpfs, nous conjuguions le verbe filtrer à toutes les sauces, sur tous les tons et à tous les temps.

Nous filtrions l'amitié, l'amour, un repas, un livre, une bière, un film, une fille, un homme. Nous buvions l'ambroisie et le nectar. La double acception, filtre, mais aussi philtre, nous laissait beaucoup de possibilités. En tout cela, pas d'hubris : nous restions des humains.

Pablo et Joseph étaient des filtranistes militants, des épicuriens appliqués. Pablo avait en particulier une grande considération pour la flore digestive, le microbiote, qui, d'après lui, était la fondation de tout l'équilibre de l'organisme. Il s'administrait deux fois par an un grand lavement qui, prétendait-il, renouvelait ses défenses. Nous adhérions à sa théorie sans aller jusqu'à la grande purge.

Joseph partageait son temps entre Rome, São Paulo, Hammamet et Barcelone, au gré de ses expositions. Il avait très peu d'attaches. Ses parents étaient morts assez tôt, suicidés. Il lui était resté un oncle artiste qui l'avait initié à la peinture. Lui s'était suicidé aussi. « Il n'y a pas plus seul au monde que moi, Le Mag ! J'ai été adopté par des suicidaires ! »

Nous étions comme une famille. Nous parlions de physiologie, nous parlions de filtranisme. Pablo, Joseph et moi, après quelques années d'euphorie, à force d'élaborer des recettes, faillîmes nous consumer peu à peu au lieu de vivre.

Pablo était le plus constant. La dernière fois que je l'ai vu, c'était à Rome, dans un bar de Trastevere où il avait ses habitudes et où il était reçu comme un prince. Pablo était inspecteur de police. Il assurait une certaine protection au patron qui pouvait, en été, mettre quelques chaises dehors sans les autorisations nécessaires. Non loin de là, il y avait une université internationale dont les étudiantes défilaient devant nos regards de loups-garous pour entrer dans le bar et emprunter au fond un escalier qui descendait.

« Ne t'inquiète pas, me disait Pablo. On laisse encore un peu arriver. Nous irons après minuit. Laissons-les se mettre en condition sans nous. Ici, pour aller au paradis, il faut descendre. Les étudiantes australiennes, irlandaises et de plein d'autres pays sont avides d'améliorer leur italien. »

Le filtranisme avait un réel succès auprès de nos nouvelles amies. « C'est une nouvelle philosophie qui remet l'homme au centre de l'univers. L'homme, pas la femme ! ». Cette affirmation ouvertement machiste avait l'effet paradoxal d'attirer vers nous les étudiantes les plus déterminées et virulentes face à un tel archaïsme.

L'ultime provocation était résumée par Joseph : « L'homme filtre. La femme ferme. ». Ceci mettait certaines de nos amies dans un tel état de fureur qu'une explication devenait dérisoire, mais l'ambiance de bonne musique électrique et de cocktails aux noms bigarrés facilitait une vraie réconciliation. Une franche camaraderie s'installait dans les arrière-salles du sous-sol transtibérien.

À force de les fréquenter, à force de m'essayer à toutes les langues, j'avais moi aussi fait de grands progrès en italien en plus de deux phrases en grec et quelques mots d'allemand. *Sein oder nicht sein…*

Mes amis me croyaient indestructible. Je donnais bien le change alors qu'inexorablement ma pensée prenait une tournure sombre et que je me laissais envahir par des pensées pessimistes et tragiques. Je ne filtrais plus, mais donnais bien le change. Joseph prétendait que la liberté était une illusion. Nous croyions nager dans un océan sans contraintes alors qu'en vérité nous étions déjà prisonniers de filets dérivants qui nous entraînaient selon leur plaisir. En cette fin août, mon corps, qui n'avait cessé de frémir ces temps-ci, déborda, doucement d'abord, puis brutalement et pour de bon, faisant sauter toutes mes digues et partant sens dessus dessous.

Une certaine prémonition m'en avait été donnée dix jours auparavant à Vela Luka en Croatie.

II

Encore étourdi par ma récente séparation, je tournais en rond à Paris sans pour autant m'ennuyer. Je ne connais pas l'ennui. J'ai toujours quelque activité pour le laisser au large. Je passais le plus clair de mon temps à regarder les danseurs de salsa sur le quai Saint-Bernard, près de l'université de Jussieu, ou sur une péniche amarrée en face du siège de Radio France. Cela suffisait. Vers la fin du mois, ne me sentant pas reposé du tout, j'achetai, guidé par le hasard, un billet sur le site *voyage-privé.com*.

Deux jours plus tard, j'étais à Dubrovnik, dans une voiture qui me conduisait à la ville de Vela Luka sur l'île de Korčula. Comment une île pouvait-elle s'appeler Korčula en plein été ? Corps, cul, là… Dracula… la même zone du cerveau semblait stimulée par cette dénomination pour évoquer les pires turpitudes des Sodome, Gomorrhe, Lesbos et autres lieux. Pendant que j'avançais vers le ferry qui allait me conduire sur l'île, je me dis que son appellation ne pouvait être que l'annonce que ces vacances improvisées allaient me réveiller. Le trajet fut d'autant plus long que le chauffeur ne parlait que le croate et semblait peu ravi de faire cette course nocturne. Ce fut une expérience d'étrangeté entre deux personnes qui n'avaient aucune langue en commun. Cela me fit penser à la solitude extrême d'un ouvrier soudanais tombé d'un échafaudage à Bagdad, qui, éberlué, agonisait devant moi à l'hôpital Khadimiya où j'étais en stage : *terra incognita, lingua incognita*.

Nous arrivâmes tardivement à Vela Luka, trop tard pour le cocktail d'accueil promis dans l'annonce. Il était une heure du matin. Une vraie faim me taraudait les tripes. Je pris une pinte de bière au seul bar ouvert qui arborait sur un grand panneau la publicité d'un magnifique steak épais et doré. Les cuisines étaient fermées. J'aurais presque dévoré l'affiche. « Une pinte égale un steak », me dis-je. Je ne dormirai pas le ventre vide.

Le voyage m'avait fatigué. J'étais perclus de douleurs à tel point que, doutant de la qualité du lit, je demandai à changer de chambre dès le réveil.

Mon séjour fut agréable, mise à part cette fatigue qui ne me quittait plus. « À la fin, dans mon hôtel cinq étoiles avec son menu gastronomique, sa piscine, ses masseuses, il n'y paraîtra plus rien », me disais-je.

Je pris une sorte de barque-taxi de mer qui me conduisit à l'île de Proizd dans laquelle avait été tracé, dans une pinède et au milieu du chant des cigales, un parcours de santé zen parsemé d'aphorismes invitant à la méditation et au lâcher-prise : « Prenez soin de votre corps, c'est l'endroit où vous êtes amené à vivre ». Marketing et zénitude. La nature était belle et trois sentiers différents vous menaient selon votre choix à trois plages aux noms évocateurs. Je choisis la plage de la plénitude. C'était du gravier et des rochers plutôt que du sable. La mer était d'un bleu turquoise qui se répandait comme une nappe. Quelques personnes exposaient leur buste nu au soleil. Tout était calme.

Cette journée-là et les autres passèrent vite. J'eus quand même le temps d'aller à la pharmacie chercher de l'ibuprofène et du paracétamol pour atténuer les douleurs qui me prenaient tout le corps.

Je pris un massage à l'hôtel, réalisé par une physiothérapeute du village. Je faisais tout pour aller mieux.

La veille de mon départ, au soir, la petite place de Vela Luka en face de la marina fut envahie par une petite foule qui venait applaudir un orchestre de salsa pour la fête du village.

Entre *Chan Chan* et *El carretero*, au rythme des classiques du *Buena Vista Social Club*, je fis la connaissance de Christiane. Elle dansait au milieu de la piste, vêtue d'une grande robe à fleurs. Elle portait un chapeau melon à large bord auquel elle avait accroché une plume de paon et d'où tombait jusqu'aux épaules une chevelure brune plutôt rebelle. Elle avait un petit visage allongé et deux yeux qui semblaient rouges ou verts selon l'éclairage des spots tournants. Un nez droit et petit entre deux pommettes saillantes. On aurait pu dire de son visage qu'il était anguleux sans que cela lui ôtât son charme slave. Elle dansait une salsa fluide. L'alchimie qui amène à la reconnaissance mutuelle immédiate des *salseros* joua cette nuit-là : je l'invitai et nous dansâmes. *Dile que si*, *settanta*, sombrero, oubliée la douleur, toutes les figures y passèrent, au milieu du rythme enflammé de *Cubismo*, le groupe de salsa croate, et de nos éclats de rire qui fusaient dans la nuit.

Christiane était kinésithérapeute saisonnière à Vela Luka. Elle avait vécu en Allemagne et, comme de nombreux Croates, était revenue au pays à la fin de la guerre des Balkans. Elle me promit un massage sur mesure. Je la pris par la main et au mot. Je la revis le lendemain matin. Dès potron-minet, j'étais devant sa porte. Après un café noir, elle commença la séance dans une petite cabine aménagée sur le front de mer.

Elle me racontait à voix haute des histoires de la guerre qu'elle avait connue dans son enfance, puis me chuchotait à l'oreille des choses incompréhensibles, comme des incantations. Parfois, elle posait sa tête sur mon cou comme pour chercher quelque chose. Elle me serra contre elle en me demandant de me mettre sur le dos. J'eus l'impression qu'elle me faisait des avances et qu'elle m'attendait du regard. Je compris que l'apothéose de mon séjour allait se changer en débandade en rase campagne. Qui songerait à la fornication dans des conditions pareilles ? Christiane m'observait, interloquée : je n'arrivais qu'avec peine à me mettre sur le dos.

« Allez ! C'est pour la bonne cause. Je suis sûre que tu auras moins mal dans quelques minutes. »

Je coupai court en faisant un effort surhumain pour me redresser. La position debout masquait ma douleur. Je réglai la facture du massage, insistai pour qu'elle gardât la monnaie. Nous nous quittâmes dans de belles effusions, mais raides de mon côté, et l'après-midi, je retrouvai mon chauffeur qui me conduisit vers le ferry. Mon rêve d'un suicide assisté entre les cuisses de Christiane s'évanouissait.

La majordome de l'hôtel, une sorte de *Super Nanny* en livrée noire, l'air sévère et préoccupé, m'avait pris à part pour me dire : « Monsieur, je vois passer beaucoup de gens ici. Vous avez l'air d'être une bonne personne, mais vous n'avez pas l'air heureux. Faites attention à vous ! » Je la remerciai en me disant qu'elle me ferait presque peur. J'eus largement le temps de penser à cette phrase étrange au cours des mois suivants.

III

Je revenais chez moi avec des douleurs qui ne me laissaient aucun répit malgré la fête que me faisait Baloo, mon labrador que j'avais confié à une *doggy-sitter*. J'en étais à me demander si je parviendrais à travailler. Pour en avoir le cœur net, je fis une simulation de ma rentrée la veille au soir en testant ma capacité à la conduite automobile. Je fis le trajet jusqu'à l'hôpital de Sainte-Vis qui se situait à trois kilomètres à vol d'oiseau. Je passai voir mon ami Alain, le médecin des urgences, qui me fit pratiquer une radiographie du thorax. Je n'avais pas de boule dans les poumons ni de signe d'infection.

« Ce serait bien de vérifier par une prise de sang qu'il n'y a pas d'état inflammatoire. Cette douleur me paraît quand même bizarre.

— Oh ! ce n'est pas la peine Alain. Je le ferai plus tard. Je suis déjà bien rassuré par la radio. C'est reparti comme en quarante. Haut les cœurs ! Souquez les artimuses ! Mon sursaut de vigueur et de bonne humeur ne sembla pas amuser beaucoup Alain.

— C'est comme tu voudras, Le Mag. Fais attention à toi ! »

Le lendemain, je fis une rentrée en demi-teinte, masquant les douleurs qui me gênaient, tellement heureux de retrouver mes collègues, et surtout mes patients. J'épluchai mon volumineux courrier et lus mes nombreux mails. Je me sentais tellement bien lorsque, assis dans ce fauteuil, j'examinais chaque situation. Chaque cas était un combat et il fallait pour chacune continuer la prise en charge, rassurer, soigner. Pendant mes études de médecine, j'avais beaucoup hésité sur le choix de la spécialité. Je changeais d'avis au fur et à mesure des stages. Psychiatrie ? Une vraie hésitation, bien que je trouvasse étrange cette spécialité dans laquelle, à mes yeux de stagiaire, les patients, les médecins et le personnel semblaient tous plus décalés les uns que les autres. Seule une grande secrétaire blonde toujours habillée comme pour une fête ensoleillait ce stage. Urologie ? Cette spécialité chirurgicale m'intéressa, mais je notai qu'il y avait beaucoup de patients hommes et qu'ils étaient particulièrement casse-pieds. Je ne mis pas beaucoup de temps à renoncer à la pédiatrie qui faisait partie des spécialités qui m'attiraient. Je passai dans un service d'oncologie pédiatrique et les situations médicales que je rencontrai étaient tellement difficiles que je me dis, à tort peut-être, que je n'arriverais pas à les affronter. Mon stage de gynécologie fut une révélation. Les femmes, la maternité, les naissances, tout cela me plut beaucoup. À Liège, je rencontrai un maître exceptionnel, le professeur Lambotte d'heureuse mémoire, qui me donna définitivement envie de poursuivre dans cette voie. On dit dans les grands discours qu'éduquer une fille, c'est éduquer une nation ; moi je pensais « soigner une femme, c'est soigner l'humanité ».

Je terminai cette première journée de consultation sur les genoux et par un épisode qui pourrait paraître cocasse.

Il était déjà tard. Je reçus un couple consultant pour désir d'enfant. Ils m'avaient apporté toute une série d'examens effectués en ville, que j'examinais avec attention, avec une attention soutenue d'abord, endormie ensuite.

Au bout d'un temps difficile à définir, je relevai ma tête qui était restée penchée sur les examens. Le couple était face à moi.

Je les regardai en me demandant pendant une fraction de seconde où j'étais et ce qui se passait.

« Excusez-moi, je crois que je me suis endormi.
— Je croyais que vous étiez concentré sur nos examens, dit le monsieur. »

La dame, quant à elle, dit qu'elle avait bien remarqué, qu'il y avait quelque chose qui clochait, mais qu'elle n'avait rien osé dire.

« C'était comme une syncope. »

Nous terminâmes la consultation et je leur fis mes prescriptions.

« Si je peux me permettre, faites attention à vous docteur. Vous vous occupez beaucoup des autres, mais il faut aussi vous occuper de vous-même. »

Je décidai de prendre cette bienveillante patiente au mot et d'aller moi-même me faire admettre en urgence pour une hospitalisation. Il fallait maintenant savoir ce qui se passait exactement.

Je fus reçu de nouveau par mon ami Alain. Cette fois-ci, une prise de sang fut faite, qui montrait une forte inflammation. Le scanner thoracique montrait des signes d'épanchement de la plèvre, le feuillet qui entoure les poumons.

Je fus transféré à l'hôpital Armand Carré où un jeune chef de clinique m'accueillit fort aimablement. Il me rassura d'emblée sur l'intensité de mes douleurs qui restaient à huit sur dix sur l'échelle habituellement utilisée.

« Il n'est pas inhabituel que dans ces irritations de la plèvre, les douleurs soient terribles alors qu'on ne voit pas grand-chose sur les radiographies. Le plus important, c'est qu'on vous soulage rapidement et les traitements ont déjà débuté. Nous allons prendre tous les avis de nos confrères de la Faculté et nous en avons d'éminents. Pour le moment, vous allez avoir des antalgiques et des antibiotiques et nous allons refaire le point dans quarante-huit heures. »

J'observai et écoutai le docteur Rieu de Saint-Jacques, religieusement. Il savait que j'étais confrère, et dans son regard, je voyais bien que cette confraternité n'était pas le moindre de mes attributs. J'étais en toute confiance.

Les premiers jours furent très pénibles à cause des douleurs qui n'étaient pas calmées par les antalgiques. Les bilans mettaient à nu une dénutrition extrême malgré l'alimentation par les perfusions.

Je ne pouvais plus me mobiliser. Tout m'était pénible. Je perdis du poids à une vitesse extraordinaire par la fonte musculaire liée à l'immobilisation. Je me demandais si l'hospitalisation ne me rendait pas encore plus malade, mais, comme mon état de faiblesse me faisait me mouvoir à peine, et comme je me l'étais promis, je ne sortirais pas de l'hôpital sans diagnostic de ce qui m'arrivait.

Il apparut très rapidement au docteur Rieu de Saint-Jacques que mon problème pulmonaire n'était que marginal. Il n'y avait pas de vraie amélioration sous son traitement et l'inflammation persistait dans le sang. On appela l'interniste à la rescousse. Je fis ainsi la connaissance de JFK. Certains praticiens, souvent professeurs, étaient appelés par leurs initiales. Cela ressemblait à une forme de notoriété.

JFK était un bel homme de taille moyenne qui imposait une présence immédiate en entrant dans la pièce. Il avait l'assurance de ceux qui sont plus souvent attendus qu'ils n'attendent et qui souvent, où qu'ils aillent, sont précédés par leur bonne réputation. Il avait les tempes à peine grisonnantes de la cinquantaine approchant, un regard bleu perçant qui semblait dire qu'il n'y aurait ici aucune solution sans lui. JFK me fit asseoir sur mon lit, m'écouta le cœur puis les poumons, me palpa le thorax puis le ventre.

« Votre ventre me semble bien distendu. Depuis combien de temps n'avez-vous pas eu de selles ?

— Depuis cinq jours, mais on me donne un régime sans résidu. »

JFK me fit encore tirer la langue puis prescrivit un lavement. J'avais l'espérance folle que tout ceci ne fût qu'un malheureux encombrement de mon colon qui aurait débordé sur tout mon corps et qui serait illico réglé par la judicieuse prescription de ce docteur House de la faculté.

Le lavement fit son effet, mais la douleur persista. Un premier scanner n'avait pas révélé d'anomalies, mais décrivait un aspect douteux de l'angle colique droit. Une rectosigmoïdoscopie fut pratiquée. C'est une exploration du tube digestif par en bas à l'aide d'une caméra qui remonte jusqu'au colon. Je mis deux jours pour avoir cet examen. On vous laisse à jeun en espérant qu'une place se libère et vers dix-huit heures on vient vous annoncer la bonne nouvelle : « Vous pouvez manger ! Les endoscopistes sont sur une urgence. Vous aurez votre examen demain ».

On demanda ensuite un PET-scan qui est une forme de scanner mettant en évidence tous les endroits où règne une grande activité des cellules, encore appelés foyers d'hypermétabolisme. Cet examen révéla plusieurs ganglions actifs ainsi qu'une grande activité au niveau du sternum, des côtes et des hanches, tous endroits où siégeait la douleur.

À ce moment précis, je me préparai à l'annonce d'un cancer généralisé. Tous ces ganglions ne me disaient rien qui vaille. Je pensais à tous mes amis qui m'avaient précédé dans l'au-delà emporté par le crabe et me disais que, de toutes les façons, je serais en bonne compagnie.

IV

Ce premier mois de maladie avait été marqué par une préoccupation et une sollicitude exceptionnelles de ma famille, de mes amis, de mes collègues. Le soulèvement de compassion touchait tout le monde. Les confrères, avec la discrétion requise, faisaient part de leur amitié. La secrétaire me fit parvenir un mot me disant que j'étais un homme de bien. « Vos patientes sont désemparées. Guérissez et revenez vite. » Mes amis étaient surpris par une chute aussi soudaine. Personne ne pouvait imaginer qu'un géant, médecin de surcroît, dégageant autant de force, s'effondrât d'un tel bloc.

La plupart me souhaitaient bon courage et prompt rétablissement, et lorsque la situation vint à prendre une tournure un peu plus complexe et que les mois succédèrent aux semaines, personne ne se lassa. Mes amis furent mon fil d'Ariane. Parfois, quand il m'arrivait des moments de lassitude du fait de la prolongation de mon hospitalisation, je me demandais à quoi était dû ce soutien massif et constant. J'avais une émotion mêlée de gêne devant tant d'amitié et de prévenance, moi qui étais tellement taraudé par la solitude originelle.

Ma fille aînée, interne en pharmacie, fut au four et au moulin pour rassembler toutes les informations concernant ma situation médicale, ce qui avait l'avantage de rassurer sa sœur et son frère.

Ma sœur Dayina, de passage à Paris, avait pris ses quartiers dans ma maison. Elle organisa la communication entre mes enfants en créant un groupe WhatsApp intitulé « groupe papa » qui allait se révéler indispensable pour le soutien familial.

Je n'étais par ailleurs pas mécontent que mon grand fils de vingt ans ne restât pas isolé dans cette grande maison, avec pour seule compagnie mon chien Baloo. J'avais adopté ce labrador dix ans plutôt. Qui a fréquenté un chenil se souvient de l'attente haletante des candidats à l'adoption. Baloo avait un regard vide qui ne portait aucune promesse. Je le choisis, sans lui conférer ni qualité ni attribut, sur cette seule promesse de rien, qu'il tint au centuple. « Je ne te promets rien, je te donne tout. »

« Faites attention. Vous allez finir ensemble, avait prévenu la préposée qui me présenta Baloo.

— C'est déjà fait ! avais-je répondu. »

Yami, ma collègue, était très présente. Je sentais chez elle tellement d'inquiétude et d'empathie. Chez Irina, mon autre collègue avec laquelle j'avais eu jusque-là des relations plutôt en dents de scie, ma maladie révéla une amitié qui me semblait parfois avoir une odeur de soufre à moins que mon imagination ne me jouât des tours. Elle dut me rassurer à ce sujet, en riant.

Denis, mon collègue, passait souvent, malgré de longues journées à l'hôpital. « De quoi as-tu besoin ? » On ne sait jamais de quoi on a besoin au départ. On n'avait pas prévu d'être dans un lit d'hôpital. Ce jour-là, je me rendis compte à l'air ébaubi de Denis que je lui avais fait une demande surprenante. Je venais de lui demander une canule d'Eductyl. L'infirmière de nuit m'avait dit la veille que c'était très efficace contre la constipation, mais qu'il n'y en avait pas à l'hôpital.

Plus tard, après quelques semaines, j'avais rodé ma réponse à cette question et lançais invariablement : « Un journal ou des fruits secs ». J'étais sûr de ne pas me tromper.

La préoccupation était jusqu'au-boutiste à forme extrême chez mon ancienne secrétaire Patricia, retraitée, qui me suivit à la trace dans les nombreux hôpitaux où je séjournai : « Ah ! Ah ! Je suis une ancienne secrétaire. Je sais tirer les vers du nez. Ne me demandez pas ma recette. Ah ! Ah ! Je vous suis et parfois je vous précède. Je vous suivrai assidûment, méticuleusement si vous le permettez. »

Elle tint promesse puisque, parfois dans une des chambres où j'allais séjourner, un vieux téléphone se mettait à sonner et j'avais la surprise de l'avoir en ligne, ou parfois je trouvais en arrivant sur la table un courrier qu'elle avait envoyé en anticipation. J'avoue ne pas avoir encore compris de quel subterfuge elle usait pour toujours me trouver dans la bonne chambre du bon hôpital. Cela me touchait beaucoup et m'intriguait.

Le phobique Annane m'appelait toutes les semaines, promettant qu'il allait passer me voir dans celle qui suivait. « Peux-tu me redonner l'adresse ? » Je n'osais pas dire à Annane qu'il ne devait pas se sentir obligé. Je savais qu'il était phobique et hypocondriaque. C'était comme un jumeau professionnel. Nous faisions le même travail. Il devait sur ma situation faire une projection horrifiée et tétanisée. Non, il ne viendrait jamais me voir.

Il y avait aussi ma grande amie au grand cœur, Nejda, infirmière au bloc opératoire. Son mari jouait au basket avec moi au club de Vanves. Elle m'offrit une pierre, une obsidienne acajou qu'elle avait rapportée du Sud et qui était censée accélérer ma guérison. Elle savait vaguement que je m'intéressais aux pierres et à la lithothérapie.

Sidonie, l'amie très altruiste, promit de s'occuper de moi sans me préciser de quelle manière. Ceci excitait mon imagination en même temps que cela m'effrayait un peu. J'étais très faible et avais de plus en plus de mal à respirer. Je me disais que toute sollicitation pouvait m'être fatale. Sidonie m'appelait par WhatsApp tous les quinze jours. C'était une amie artiste et musicienne que je connaissais depuis quatre ans. Je l'avais rencontrée vers la rue Mouffetard alors que je sortais du cinéma La Clef. Elle sortait d'une histoire sordide de trafic de drogue et de viol. En réalité, elle avait été violée — elle disait « forcée » — par son dealer. Elle n'osait pas porter plainte pour des raisons d'approvisionnement en came. Ce jour-là, elle était assise à côté de moi sur une terrasse. La trouvant particulièrement nerveuse, je l'avais abordée. Elle m'avait raconté son histoire. Elle avait rendez-vous avec deux jeunes gens qui nous rejoignirent et avec lesquels elle s'en alla. Elle m'apprit plus tard que c'était les dealers. Je l'avais peu ou prou prise sous ma protection, même si j'avais l'impression que les drogues avaient déjà occasionné chez elle de gros dégâts.

J'eus aussi le souci d'amis qui, eux-mêmes, étaient noyés jusqu'au cou dans des problèmes. Laure avait des fissures dans la maison qu'elle venait d'acheter. À terme, la maison risquait de s'effondrer. Il fallait qu'elle affronte cette catastrophe en même temps que son conjoint sombrait dans une grave dépression. Je lui connaissais une espèce d'altruisme universel militant et guerrier. Son médecin généraliste lui avait prescrit des antidépresseurs, ce contre quoi j'avais protesté avec la dernière vigueur. Elle avait un neveu Asperger dont un suicide programmé venait d'être déjoué de justesse. « Comment veux-tu qu'il s'en sorte ? Je ne t'avais pas raconté ce qui lui était arrivé ? Son père s'est suicidé devant lui alors qu'il n'avait que trois ans. Sa famille ne sachant pas qu'il avait été témoin de la scène lui avait concocté un scénario d'accident de voiture. Il avait grandi entre le récit familial de l'accident de voiture et l'épouvante de la vision de son père se tirant une balle dans la bouche. Non, je ne vois pas comment il aurait pu s'en sortir. »

George était une amie cardiologue, très énervée, qui me conseillait de foutre le camp alors que j'étais à peine hospitalisé. Le problème, c'est qu'elle ne m'indiquait aucune destination.

« Comment as-tu pu ne pas me prévenir ?
— Je commence seulement à penser maintenant.

— Eh bien, dis bien de la part de George à ceux qui te poussent à rester dans cet hôpital d'aller se faire foutre. Fuis tous ces gens toxiques.

— Ils ne sont pas toxiques. Peut-être juste un peu contaminés par le stress.

— C'est pareil. Que tu manges une amanite entière ou un peu de sa poudre. »

Je me demandais si j'allais résister longtemps au coaching agressif de George. Il est vrai qu'elle avait de bonnes raisons d'être énervée. Son fils cadet de dix-huit ans et quatre mois venait de lui faire la révélation d'attouchements répétés et invasifs de la part du grand-père paternel. Elle était en recherche d'un avocat pénaliste pour cette affaire. Atteinte d'une sclérose en plaques depuis vingt-cinq ans, elle était une fervente militante d'une alimentation saine.

« Arrête la viande tout de suite. C'est mauvais pour l'inflammation. Prends de la vitamine C, mange beaucoup de fruits secs. »

Colette, sage-femme basée à Kaboul, m'appela de Roissy. Elle était en transit vers New York. Elle était ma frangine depuis trente-trois ans. De père turc et de mère portugaise. Son beau-père avait une grosse fortune au Portugal. Sa famille vivait à New York, votait Trump et regardait Fox News. Colette faisait sans cesse le grand écart entre une vie de millionnaire et ses missions humanitaires. Elle avait « fait » le Soudan, l'Éthiopie puis le Vietnam et était actuellement coordinatrice de la maternité française de Kaboul. D'origine juive, Colette ne professait aucune religion, avait fait sa communion grâce à un faux certificat de baptême. Ses parents avaient pris cette précaution pour le cas où les persécutions des juifs recommenceraient.

Fred prenait des nouvelles à partir de sa maison de Fontenay-sous-Bois, dans la banlieue est de Paris, mais n'en bougeait pas. Je l'avais toujours connue casanière, mais on venait de détecter une instabilité du terrain sous sa demeure. Il fallait qu'elle déménage.

Françoise, bobo parisienne du faubourg Saint-Antoine, m'oubliait régulièrement puis se rongeait les ongles et m'envoyait un SMS disant qu'elle pensait que j'allais mieux.

Thetys, ma cousine, artiste urbaine reconnue à Kinshasa qui exposait dans une galerie du Marais, devait en même temps assurer sa carrière et repousser les avances de plus en plus grossières de son galeriste mentor. « Nakanisaki osi obika », m'écrit-elle en lingala. Elle pensait que j'étais sauvé.

Salim était un confrère, condisciple et ami. En plus, nous nous étions commis à prendre des cours d'araméen et de hittite à l'université de Bruxelles. Malheureusement, les cours furent supprimés cette année-là parce qu'il n'y avait que deux inscrits pour un professeur.
« Au fait, tu pourrais mettre à profit ta convalescence pour réviser le hittite, m'écrivit Salim.
— Cher ami, la convalescence est une étrange période entre deux rives. Toute l'énergie est concentrée à récupérer la santé, pour le moment à petits pas. »

Fernande était la veuve de mon meilleur ami dont la mort après quatre années de combat m'avait déchiqueté et réduit en mille confettis que j'étais encore en train de ramasser. Bruno était mon ami, mon frère, mon poteau. Il s'était battu pour chaque seconde de vie en même temps que, de mon côté, j'avais un mal profond à vivre ce qui m'était offert en cadeau. Bruno, dans ses derniers instants, m'avait confié sa femme. Je ne me sentais de toutes les façons pas à la hauteur. Sa femme avait la même pugnacité que lui. C'étaient des gens qui aimaient la vie, et moi, je m'enfonçai de plus en plus. Je faisais tache à côté de mon ami agonisant. Sa mort finit de me tuer. Fernande venait me dire qu'il fallait que je me batte pour survivre. Il fallait pour cela que je voulusse vivre.

Mes amis du Meyliwa basket club furent d'un soutien incroyable. Jean-Michel et Jérôme vinrent souvent me voir. Il arriva donc parfois que leur visite coïncidât avec une de mes violentes crises de bronchospasmes comme j'allais en avoir souvent, ce qui, devant le caractère spectaculaire du tableau, confirma une fois pour toutes à leurs yeux que mon pronostic vital ne tenait qu'à un fil.

Gil et Bernard vinrent me visiter également. Bernard m'apporta un matin quelque chose de spécial, une pierre de shungite prêtée par Cécile, sa femme. Cette pierre avait une histoire particulière. Trois ans auparavant, Cécile avait eu un cancer du cerveau, d'assez mauvais pronostic. Je lui avais offert cette pierre aux mille vertus, faite de carbone pur. On ne la trouve que dans le nord de la Carélie. Elle pourrait être la composante d'une météorite tombée il y a des milliers d'années. Cette fois-là, c'est elle qui me la prêtait, le temps de traverser cette mauvaise passe. J'avais posé la shungite sur ma table de chevet vers quinze heures. À seize heures, elle avait disparu. Ceci me rappela de manière désagréable que les larcins et parfois les vols de plus grande envergure n'épargnaient pas les hôpitaux. Je fis commander par internet une nouvelle pierre et lorsque je la rendis à Cécile, elle n'y vit que du feu.

Alex fut la première à braver la barrière de la réanimation de l'hôpital Geneviève Lecourt. Jusque-là, dehors, elle n'avait entendu que des rumeurs. Elle avait entendu que j'étais passé par le chas de l'aiguille, mais ne savait pas de quoi il retournait exactement. Je la vis un jour débouler dans ma chambre de réanimation. J'étais encore fragile et faisais crise d'asphyxie sur crise d'asphyxie. Elle avait voulu en avoir le cœur net. Elle me dit plus tard qu'elle avait été horrifiée par mon aspect.

Gebre, un collègue originaire d'Éthiopie, vint me voir à Armand Carré. Il avait à son corps défendant déjà une bonne expérience de la maladie et en particulier de la maladie chronique. Il avait un diabète très sévère qui donnait du fil à retordre à ses médecins.

Mes amis Mohkrou et Wolczinski, professeurs tunisien et polonais, m'impressionnaient. Ils prenaient des nouvelles toutes les trois semaines, qu'il ventât ou qu'il plût. Au bout d'un certain temps, je me mis moi aussi à les appeler pour prendre des nouvelles comme je le fis pour de nombreux autres amis.

Amar était un ami que j'avais perdu de vue vingt ans auparavant. Nous jouions de la musique dans un groupe qui s'appelait les *Rolling Paffies*. Je venais de le retrouver à l'aéroport de Nice un an auparavant. Il m'envoyait un message tous les mardis.

Isabelle, elle, prenait des nouvelles entre deux tournages et m'encourageait à utiliser mon dictaphone pour écrire ce qui m'arrivait.
« Il ne faut pas que tout ceci soit perdu. Soyez un bon patient. Mangez ce que vous pouvez. Et écrivez ! »

Quels étaient les ressorts de cette constante préoccupation, de ces déclarations d'amour à n'en plus finir ? Était-ce la révélation à la conscience que l'être malade était plus cher que l'on avait imaginé ? À moins que ce ne fût désormais pour chacun son propre destin projeté qui s'ébranlait.
« Ce n'est que de l'amour, du pur amour, me disait Yami. »
La vérité était que j'avais hâte qu'on finît de parler de moi et de ma maladie qui restait mystérieuse, que finissent ces attentions incessantes qui n'avaient aucun sens à mes yeux.

Une cagnotte avait été ouverte parmi le personnel de l'hôpital pour m'offrir une montre connectée. Je me disais que la maladie n'était pas un commerce et ceux qui m'aimaient déjà devaient le savoir. En réalité, j'étais furieux d'être malade. Et toutes ces personnes, famille et amis, ressemblaient à mes yeux à une foule de créanciers qui s'agrandissait. Je ne voulais pas être otage. Quelle publicité ! J'aurais aimé me faire oublier, à défaut de guérir. Cette cagnotte venait me rappeler que j'étais au centre des préoccupations et que je devais organiser ma reconnaissance ou… mourir. L'attention de mes amis m'agaçait de plus en plus.

Je ne pouvais l'empêcher. Je ne pouvais plus raser les murs ni me cacher. J'étais nu, livré. Je reçus plusieurs propositions de prière par WhatsApp de la part des plus croyants, une cousine et un vigile pasteur à ses heures. Il semblait s'établir de la part de mes amis religieux une course contre la montre en vue d'une intercession rapide et décisive auprès de Dieu.

Cela m'agaçait également. Je tenais en horreur la religiosité et la bigoterie. Ceci m'était resté de mon passage dans le collège de jésuites dans lequel j'avais pourtant été la plus assidue des ouailles. J'avais été enfant de chœur, sacristain, et faillis même m'engager dans la glorieuse compagnie d'Ignace de Loyola. Les jésuites vous modèlent, vous tordent, vous donnent des angles. Comme à un fil de fer malléable qu'on aurait longuement travaillé avant de le remettre droit, ils vous laissent l'illusion de vous rendre à vous-même, à votre liberté, certains de l'impact de leur marque. Le trait commun de tous ceux que j'avais revus était l'effet de cet impact, une sorte de mémoire du corps et de l'esprit qui nous rappelle à chaque moment que nous appartenons désormais peu ou prou à la lignée guerrière de la compagnie de Jésus. Je considérais pour ma part que si Dieu avait un programme pour moi, cela n'était pas mon affaire. Je ne suis pas pour l'affrontement avec Dieu. En cela, je me considérais comme un athée déférent. Après toute cette histoire, au cours de laquelle j'avais cru à un certain moment apercevoir des manifestations divines, depuis mon retour à la vie, je m'en suis retourné vers l'homme. Je me dis : « Défions l'homme, défions-nous. Laissons Dieu tranquille. Il n'a ni besoin d'être malmené ni besoin d'être tué. Laissons-le à son évidence immuable. Les athées ne font la guerre à personne ».

Ma fille puînée m'avait offert l'œuvre complète de Nietzsche. Je voyais là un voisinage étrange pour un patient ayant un syndrome inflammatoire inexpliqué. J'aurais ses livres. Nous aurions en commun la douleur chronique.

Je me retrouvai ainsi dans mon lit d'hôpital, non seulement à recevoir le soutien de mes amis, mais aussi, au fur et à mesure que mon état s'améliorait, à examiner certaines situations qui m'étaient soumises, à donner mon avis, voire un conseil.
Je devins une sorte de Macha Béranger, d'arbre à palabres couché dans les hôpitaux publics parisiens.

Je fus de plus en plus apaisé lorsque je compris que dans cette rencontre qui faisait venir à moi mes amis, il n'y avait aucune asymétrie, aucune déchéance, aucune condescendance. Bien que je fusse le plus souvent allongé, personne n'était dans une position de surplomb. En même temps que par la maladie, j'étais submergé par un océan d'amour et d'empathie.

J'appris beaucoup : continuer à écouter son interlocuteur même quand il a fini de parler. Une ponctuation, un soupir, pouvait ajouter du sens à ce que l'on avait pu l'entendre dire. Le silence s'écoutait aussi.

V

Ce jour-là, j'écrivis à Isabelle :

Chère Isabelle,

J'espère que, depuis notre rencontre, vous êtes un tout petit peu reposée et que vous vous organisez.

Après deux jours de reprise, j'ai dû être hospitalisé.
J'ai une pleuropneumopathie bien cognée en cours de traitement. C'était ça, ma fatigue de cet été. Je suis encore à Armand Carré et ils m'annoncent un arrêt de travail d'un mois. Bref, ce n'est pas en Croatie que j'aurais dû aller, mais directement à l'hôpital.

Amitiés,
À bientôt.
Le Mag

À propos d'Isabelle, je ne vous avais pas dit. Isabelle, c'est Isabelle Nanty. Vous connaissez ? Je l'ai rencontrée à Orly. Elle revenait d'Italie. Je revenais de Croatie.

La porte numéro deux déversait des boyaux de vacanciers déjà pressés de retrouver leur train-train. J'étais au milieu de cette grouillance et tombai nez à nez avec elle à la sortie.

Assise sur la base d'un poteau d'éclairage, elle semblait minuscule dans un grand tee-shirt à manche longue portant l'inscription : *moi aussi*. Alors, je lui dis, comme pour rire :

« Je suis au bout de ma vie.
— Oooh ! Moi aussi. »

C'est ainsi que nous engageâmes la conversation. Il était minuit. Le terminal était bondé. Il fallait bien deux heures d'attente pour obtenir un taxi. Isabelle attendait sa sœur et son beau-frère qui s'occupaient des bagages.

Nous eûmes le temps de converser. Je lui confiai que j'étais comme beaucoup un grand admirateur de Jacques Brel et que j'avais conçu de monter un spectacle pour les quarante ans de sa mort, mis en scène par Isabelle Nanty. Eh oui ! Je savais qu'en plus d'être actrice, elle avait été enseignante au cours Florent. Alors, quelle coïncidence aujourd'hui. « Quelle coïncidence ! Ça fait dix ans que je dis que nous ferons quelque chose ensemble ». Ce n'était pas vraiment une idole, c'était comme une petite obsession.

Je lui racontai mes années au collège Saint-Hadelin en Belgique. Et comment, un beau jour, à l'âge de seize ans, tout seul devant la télévision alors que les autres pensionnaires étaient à l'étude, je m'étais retrouvé face au triste Roger Gicquel qui présentait à grand renfort de publicité le dernier album de Jacques Brel.

C'était le journal de vingt heures et il s'ouvrait sur la chanson « Orly », vous savez… « ils sont plus de deux mille et je ne vois qu'eux deux… »

J'avais eu pour cette chanson et pour cet album un coup de foudre littéraire et littéral. Je nourrissais l'idée pour les quarante ans de la mort de Brel de monter un spectacle pour lequel j'avais même déjà un titre « Ma vie en brèle ».

« Je vous ai croisée, une fois, rue de la Gaieté, à Montparnasse, mais n'ai pas osé vous accoster, lui avouai-je.

— Oui, c'est un peu mon quartier général, en particulier la crêperie qui est à l'angle de la rue d'Odessa. » Nous échangeâmes nos anecdotes de vacances, rîmes beaucoup et nous quittâmes bons amis. Isabelle me donna discrètement son adresse de courriel.

« Envoyez-moi votre texte. Je vous lirai. »

Une semaine plus tard, je lui écrivis comme pour battre le fer pendant qu'il était chaud :

Bonjour Isabelle Nanty,

J'espère que vous avez bien repris votre vie parisienne.

Je serais ravi de vous voir à partir de la mi-octobre pour voir ce qui est possible.

D'ici là, je rassemblerai mes textes.

Pourquoi pas un rendez-vous à votre crêperie de la rue d'Odessa ?

Bien à vous.

J'étais loin de me douter que j'allais tomber dans une mer agitée et qu'elle deviendrait une des balises qui m'aideraient à survivre à partir d'à peine une semaine plus tard.

VI

Le docteur Rieu, à force de demande, obtint l'accord du radiologue pour une biopsie de ganglion sous contrôle échographique. On vint me chercher dès qu'une plage se libéra. On m'enleva de justesse le plateau de repas que je m'apprêtais à entamer sans conviction. Un estomac plein aurait fait différer l'intervention. Ouf !

J'eus à peine le temps de faire la connaissance du radiologue qui me fit la biopsie et pas le temps de le remercier. À peine finissait-il qu'il fut appelé pour s'occuper d'une hémorragie grave dans une autre salle. Le résultat de la biopsie revint négatif.

JFK vint en personne m'annoncer la bonne nouvelle, mais, vu la sévérité de mon état inflammatoire, on ne pouvait s'en tenir là. Il fallait faire une biopsie chirurgicale plus large pour examiner plusieurs ganglions et éliminer plus sûrement toute une série d'autres pathologies sournoises.

Sur les radiographies, on avait noté comme une forme d'anomalie au niveau du cœur. Il fallait prévoir des explorations supplémentaires dans le service de cardiologie du Kremlin-Bicêtre.

Je fus donc transféré au fort de Bicêtre le samedi. L'évêque de Winchester, un des premiers propriétaires du lieu, avait dû beaucoup craindre une invasion parce qu'aujourd'hui encore, le mur d'enceinte de l'hôpital n'en finit pas. On fait un tour interminable avant de trouver une entrée qu'il ne faut surtout pas rater sous peine de repartir pour un tour.

Je subis là-bas une série d'examens à marche rapide.

Le mardi, une ambulance devait venir me chercher à onze heures pour me conduire à l'hôpital Geneviève Lecourt pour une échographie spécialisée. Cet hôpital est le centre de référence pour les malformations cardiaques. Les ambulanciers arrivèrent à quatorze heures. Ils avaient été coincés dans des embouteillages.

Nous arrivâmes à Geneviève Lecourt à seize heures. Ils faillirent me confier à la première infirmière rencontrée en consultation au rez-de-chaussée. Mais celle-ci refusa de toutes ses forces. Je compris plus tard que la priorité des ambulanciers était de confier le patient au service destinataire et que dès qu'ils l'avaient vidé de leur brancard, ils n'avaient qu'une seule urgence, prendre la poudre d'escampette pour une autre course. Ils m'amenèrent dans le service de cardiologie, me confièrent aux secrétaires et s'apprêtèrent à partir sans demander leur reste.

L'une d'entre elles les retint :

« Le docteur va arriver tout de suite. Ne voulez-vous pas attendre le patient pour le ramener au Kremlin-Bicêtre ? L'examen ne durera pas plus de quarante minutes.

— Non ! répondit le plus petit qui semblait être le chef. Je préfère que vous nous rappeliez. Nous avons une course à Créteil. »

Les binômes d'ambulanciers, c'était souvent l'image en miroir de Don Quichotte et Sancho Pança. On avait souvent le petit trapu agité qui s'occupait de tout et un grand placide qui assurait le coup. Parfois, c'était une femme. Pour en avoir vu des dizaines, ces binômes fonctionnaient à merveille. C'était plus fort qu'un couple. Ils se parlaient à peine. Les gestes étaient mille fois répétés et on se sentait en parfaite sécurité. Cela étant, il fallait parfois tenir la distance face au bavardage de certains, mais c'était toujours pour la bonne cause. Ils essayaient de vous distraire de vos angoisses !

Une fois l'échographie réalisée, on rappela les ambulanciers qui vinrent me chercher à dix-neuf heures. Je fis remarquer que les retards étaient hors norme. Ils me firent une révélation qui me laissa pantois. Ils avaient une autorité de régulation qui restreignait le nombre de patients par tranche horaire. Pour pratiquer une surréservation de ces plages, ils privilégiaient les patients qui allaient pour un examen de référence dans un centre hyperspécialisé.

« Quel que soit l'horaire, pourvu qu'on arrive avant la fermeture et qu'il y ait encore quelqu'un pour le réaliser, l'examen est toujours pratiqué. Je n'ai pas souvenir d'un examen qui ne l'a pas été.

— Mais alors, c'est un cercle vicieux !

— Tout à fait, mais si nous ne faisions pas une légère surréservation, les délais d'attente seraient monstrueux.

— Mais moi, j'avais une intervention chirurgicale qui était programmée demain en fonction des résultats. Nous allons arriver au Kremlin-Bicêtre à vingt et une heures. »

Il écarta les bras avec les paumes des mains dirigées vers le ciel en signe d'impuissance.

Une fois arrivé dans ma chambre, je fis appeler l'interne de garde pour lui expliquer que l'examen avait été fait tardivement.

« Oui, je sais. J'ai vu. De toutes les façons, on repoussera l'intervention parce qu'il faut compléter l'examen par un cathétérisme cardiaque.

— Le médecin de Geneviève Lecourt a dit que ce n'était pas utile.

— Elle a dit cela parce qu'elle n'a pas trouvé de malformation et donc elle n'a pas besoin de cathétérisme, mais nous, nous en avons besoin pour documenter votre dossier. »

Je renonçai à comprendre. La journée avait été longue.

Le lendemain, l'exploration du cœur fut épique. On commença par un cathétérisme cardiaque en remontant dans le cœur par une artère du bras. Au terme de quelques examens préliminaires, le docteur Reny, le cardiologue — il s'appelait comme les pastilles —, me présenta aux pieds des sortes de pédales que je devais faire tourner de plus en plus fort.

Je pédalai comme un forcené sous ses encouragements et en même temps qu'il augmentait la puissance du pédalage. Au bout de dix minutes, je manquai d'air. Une technicienne installée de l'autre côté d'une cloison en plexiglas semblait très inquiète. Le docteur Reny me confirma qu'à l'effort, ma trachée se trouvait obstruée par l'anévrysme du tronc pulmonaire. Il le voyait sur son écran. Ensuite, il fit une injection de liquide pour tester la capacité du cœur à résister à une charge supplémentaire.

Il me regarda comme si je descendais de la planète mars et me dit : « Mais vous êtes cardiaque, mon vieux ! »

Je lui fis remarquer que ce n'était pas très gentil de me l'annoncer comme cela, d'autant plus que je ne venais pas du tout pour cela au départ.

Il fit encore quelques tests et me dit :

« Je crois que ça va aller en fait. Vous n'êtes pas cardiaque ».

Je retins de cette séance deux choses : que j'étais cardiaque, mais pas vraiment, et que j'avais un anévrysme de l'artère pulmonaire qui m'étouffait à l'effort. Je ne comprenais pas très bien. On m'aurait dit que j'avais un cancer, j'aurais compris parce que j'étais venu pour des douleurs, une altération de l'état général et des ganglions. Certes, j'étais très content de n'avoir pas de cancer. J'attendais la suite. À quoi pouvais-je m'en tenir entre mon maigre corps torturé et tous ces doutes ? À partir de ce moment, je décidai de quitter mon statut de médecin qui risquait de me faire tout analyser et décortiquer et de me contenter désormais de mon rôle de patient.

J'appelai le docteur Rieu :

« Je vous demande d'être coordonnateur-référent de mon dossier. Je ne vois plus très clair et je m'en tiens à mon rôle de patient. »

Une nouvelle biopsie de plusieurs ganglions fut de nouveau effectuée à l'hôpital Armand Carré. Je fus accueilli en salle d'opération par une infirmière transfuge de mon hôpital de Sainte-Vis. Elle restait discrète sur les causes de son départ, mais, là, semblait plus que ravie de son nouveau poste et de s'occuper de moi. J'étais moi-même très ému par ses soins, car, bien que nous eussions parfois collaboré au bloc opératoire, j'avais eu avec elle des rapports plutôt lointains bien que cordiaux. Le milieu hospitalier parisien était un vrai microcosme dans lequel on croisait d'anciens collègues, des externes, des kinésithérapeutes, des infirmières, des patients qu'on avait côtoyés ou croisés ici ou là au cours de nos pérégrinations.

C'est ainsi qu'à Armand Carré, je sus que j'avais mis au monde les jumeaux de la secrétaire, opéré la manipulatrice de radiologie et suivi pour infertilité une infirmière de consultation. J'avais également une longue collaboration avec mes collègues de toutes les spécialités qui faisaient le renom de cet hôpital.

La petite voie qui mène à l'entrée est bordée de plusieurs bancs en bois vernis et de quelques tables. Des étudiants en médecine y prennent l'air frais et leur casse-croûte.

Ma fille m'avait descendu en fauteuil roulant jusque dans l'allée. Un olivier un peu trop grand dans son pot en béton semblait résolument se tenir plein sud dans l'attente du soleil.

Un monsieur qui sortait du bâtiment d'un pas vif et pressé, la tête enfoncée dans une grosse écharpe brune s'arrêta net devant nous.

« Docteur ! s'exclama-t-il en regardant incrédule tour à tour ma perfusion et ma blouse d'hôpital. »

Je pris la main qu'il me tendit. Il me secoua énergiquement en une interminable salutation. C'est comme s'il me félicitait d'être malade, comme s'il découvrait qu'humains nous étions tous logés à la même enseigne. Il y avait chez lui un mélange de surprise, de joie et de compassion.

« Eh bien ! C'est mon épouse qui va être surprise. Vous vous souvenez. Vous avez mis au monde mes deux enfants.

— Ah oui ! Quels âges ont-ils maintenant ?

— Quatorze et douze ans. »

Je ne disais jamais dans ces cas que c'était trop ancien, que je ne me souvenais pas, que les choses s'estompaient. Le plus important était la joie des retrouvailles des parents avec un souvenir heureux.

« Eh bien, j'espère que toute votre famille va bien.

— Une pensée pour vous, docteur. Comme on dit là-bas, chez nous, *Allah y Chafik*. Que Dieu vous guérisse ! »

VII

Le docteur Laskos parlait beaucoup à son aide pendant l'intervention, laquelle avait finalement été réalisée sous anesthésie au masque. Il me parla aussi.

« Vous êtes une vraie VIP. Tout le monde m'appelle à votre sujet. Votre fille a été interne dans mon service et votre chef de service est ma tante par alliance.

— Ah !

— J'ai pu extirper quatre ganglions. Rien de spectaculaire ni de suspect. Vous recevrez un compte-rendu. »

Je quittai l'hôpital le lendemain et revis le docteur Rieu une semaine plus tard. Il me reçut au quatrième étage dans un réduit qui servait au rangement des dossiers. Il n'y avait pas de salle de consultation libre.

Il prit de mes nouvelles. J'étais toujours aussi douloureux. J'avais perdu dix kilos. Il éplucha lentement mon dossier et quand il eut fini, il leva vers moi des yeux rougis soit par la fatigue soit par la frustration.

« Je n'ai pas de diagnostic pneumologique pour vous. Les quatre ganglions enlevés par le docteur Laskos ne montrent pas d'anomalies. J'en suis désolé. Je vous réadresse à mon collègue de médecine interne. »

Nous ne nous verrions plus parce que je changeai d'hôpital. Je n'aurais peut-être jamais dû demander au docteur Rieu d'être référent de mon dossier. Nous nous quittions après six semaines et d'innombrables examens, sans avoir pu poser le moindre diagnostic. Je le trouvai très affecté par ce qui pouvait ressembler à un échec. Mon cas commençait à sentir le souffre et je pouvais comprendre qu'il devint effrayant pour les collègues qui se projetaient à ma place. Non, ce n'était pas une appendicite. Cela ressemblait à une pathologie beaucoup plus sournoise. C'était peut-être le moment de sortir le grand JFK. Rieu ne jurait que par lui et me fit prendre un rendez-vous à sa consultation.

VIII

En cette matinée d'octobre, je pensais à un chauffeur que j'avais eu au Kenya lors d'un séjour à l'hôpital Aga Khan et qui n'arrêtait pas de me répéter que les choses n'arrivaient jamais par hasard. J'étais depuis dix jours à Nairobi où ma mère devait bénéficier de séances de radiothérapie pour un cancer du col qui provoquait des saignements importants. Elle n'était pas résidente européenne et malgré tous mes efforts, elle n'avait pu obtenir de visa Schengen en urgence pour se faire soigner à l'Institut Curie de Paris où elle était attendue. Le cancer de ma mère, c'est une autre histoire. Cancer du col utérin étendu au vagin par lequel j'étais arrivé au monde. J'avais la confirmation que la vie était tragique. J'avais fait venir les lames d'Afrique pour les faire relire dans un grand laboratoire parisien. Sortant de chez DHL où était arrivé l'envoi, j'avais dans la poche le cancer de ma mère. Ce jour-là, dans ma voiture, Radio Classique passait la cinquième symphonie de Gustav Mahler.

Au Kenya, mon chauffeur s'appelait John. Il avait une petite entreprise de location de voitures. Il ressemblait à tous ces Massaïs aux traits fins et aux corps sveltes cousins de Ben Jipcho ou de Kip Keino et semblant directement descendre de Lucy qui était exposée à quelques kilomètres de là, à Addis Abeba, en Éthiopie. J'étais à l'aéroport de Nairobi en même temps que l'équipe du Kenya revenait des championnats du monde d'athlétisme, bardée de médailles. J'attendais ma mère. Il y avait des caméras partout. Je me disais que c'était pour elle. N'était-elle pas elle aussi une athlète de haut niveau ? Au milieu des micros et des drapeaux masqués, et de danseurs en tenue traditionnelle, le vice-président déclara : « Vous avez rendu la nation fière. Le Kenya est la première nation athlétique au monde ». Le cortège s'ébranla. L'avion qui transportait ma mère était annoncé en retard. Elle aurait adoré cet accueil.

L'hôpital Aga Khan était un hôpital ultra moderne et très bien équipé. Il mettait à la disposition des patients venant de l'étranger un service de chambres équipées dans un *guest house* situé en face. Tous les jours, ma mère recevait des soins et passait des examens. Elle était entourée par ma sœur venue avec elle de Kinshasa. Je les avais précédées de Paris pour échanger avec l'équipe médicale et assurer la logistique.

Le rythme des traitements était dense. Je les laissais dans les mains de l'équipe du docteur Moken, radiothérapeute. Parfois, en partant, j'entendais le persiflage de ma mère au sujet des autres patients chez qui elle trouvait plein de défauts. Les vieux sont impitoyables. Elle avait l'avantage sur nous de parler couramment le swahili du fait de ses séjours à Elisabethville, ville swahiliphone du Congo. Ma mère et moi ne nous voyions que le soir.

Très tôt le matin du samedi avant mon départ, John et moi partîmes vers le Nairobi National Park pour avoir une chance d'apercevoir les animaux quand ils viennent s'abreuver au niveau des points d'eau. Nous eûmes la chance lors de notre visite d'apercevoir les *big five* et j'étais ravi d'inviter John au restaurant ce soir-là. Mon vol était prévu le dimanche matin. Il était seize heures. Je fis une dernière vérification de mes affaires et là, ce fut la stupeur. Je ne trouvais plus mon passeport. J'appelai le consul de France qui me dit être loin de ses bases en plein apéro-barbecue de l'après-midi.

« Vous avez perdu votre passeport ! Comme c'est ballot, dit-il d'un ton condescendant, très énervant. Trouvez un poste de police pour faire une déclaration de perte et passez à l'ambassade dès l'ouverture lundi. Vous ne pourrez bien entendu pas prendre votre vol demain. Je vous conseille de prendre un billet pour un vol direct à destination de Paris.

— Pourquoi un vol direct ?

— Nous allons vous délivrer un récépissé et il est valable pour un vol direct sans escale. »

Nous retournâmes John et moi en pleine nuit vers le parc national à cinquante kilomètres de là. Tout était fermé. Il n'existait même pas une loge. Pas le moindre gardien ! Dès six heures le lendemain, nous revînmes au parc. Le service d'accueil nous confirma que mon passeport n'était pas dans les objets trouvés.

En désespoir de cause, nous fonçâmes vers l'aéroport pour tenter d'embarquer malgré tout. La démarche était d'avance vouée à l'échec. Il fallait maintenant se dépêcher d'acheter un nouveau billet et trouver un commissariat pour la déclaration de perte du passeport.

Dans le commissariat, on nous fit comprendre que rien ne s'arrangerait sans « le thé », *tchaï* en swahili. Ceci me fit sourire malgré le stress et l'angoisse, chaque pays avait son petit lexique du graissage de patte. *Tchaï* ici, bakchich en Afrique du Nord. Au Congo, on dit « madesu ya bana » les haricots des enfants. Nous pûmes enfin régler toutes ces formalités et nous retournâmes dans l'appartement que j'avais pris en location *Airbnb* et dans lequel j'avais installé ma mère et ma sœur avant leur départ en Éthiopie pour la convalescence.

La journée du lundi fut merveilleuse. Nous restâmes dans l'appartement à parler de tout et de rien. Comme à son habitude, ma mère était pleine d'entrain. Nous partageâmes un long repas qui se prolongea jusqu'à ce que John me fît signe qu'il était temps de partir.

Je ne sais plus quel adieu je fis à ma mère. La serrai-je dans mes bras ? Sûrement. L'embrassai-je ? Peut-être. Restai-je figé en face d'elle ? Qui sait ?

La seule chose dont j'étais sûr, c'est que je venais de vivre une merveilleuse journée avec elle, la plus merveilleuse de ma vie, et ce fut la dernière.

Voilà pourquoi, quand je pense à mon passeport perdu, je cite tout le temps John, mon chauffeur de Nairobi qui, pendant tout ce dimanche infernal, n'arrêta pas de me dire : « Rien n'arrive par hasard, docteur ». Nous nous agrippons à une corde que nous avons autour du cou. Nous savons comment ça finit, mais parfois surgissent comme des étoiles trop rares des moments de joie éternelle.

Je revis ma mère huit mois plus tard, entre quatre planches. On ne devrait pas habiller les morts. Les costumes sont toujours trop grands et ils ont l'air grotesque entre ces accoutrements désuets et le teint cireux obtenu par le thanatopracteur.

J'avais tenu à voir ma mère. Elle avait une jupe en pagne et un haut en dentelle. On ne pouvait pas dire qu'elle fût belle ni sereine. J'aurais voulu l'imaginer avec cette mine espiègle qu'elle prenait au moment de sortir une vacherie, ce qui était tout le temps le cas. J'aurais souhaité qu'elle eût cette mine décidée qu'elle affichait quand elle écoutait les désordres du monde et tentait à sa manière d'y porter remède. J'aurais voulu une bouche plus large où fleurirait un rire en devenir.

J'aurais voulu cette colère d'amour que nous avions en partage.

Rien de tout cela. Ma mère était restée avec moi chez les vivants. Le thanatopracteur nous avait livré un corps grotesque et rabougri qui semblait figé là depuis des siècles.

Il avait fallu que je voie ce spectacle irréel pour réaliser que ma mère n'était plus un corps vivant, mais désormais une lumière au-dessus de moi.

IX

Je revenais de la visite du grand professeur JFK qui venait de détricoter ma situation médicale pendant trente minutes avant d'arriver à la conclusion sans bavure : « Personne ne sait ce que vous avez. Nous, les internistes, sommes les derniers médecins à soigner sans diagnostic ».

Il prescrivit un traitement antibiotique de trois semaines qui visait des germes très rares, difficiles à isoler, des germes intracellulaires. Il me cita toute une série de germes dont les noms ressemblaient tous à des insultes : brucella, Coxsakie, fièvre Q.

Il demanda une prise de sang supplémentaire. L'infirmière qui me reçut avait entendu des bribes de la consultation et me confia : « Moi, j'ai travaillé en orthopédie. Ça déroule. On ne se pose pas trop de questions. Les temps sont rapides. Pas de fioritures. La médecine interne a un temps plus long. Je dirais même qu'elle est fourbe. On cherche, on tâtonne. On s'accroche à chaque diagnostic et en même temps, le moindre détail vous le fait changer. C'est une vraie enquête ». Pour moi, j'avais des douleurs, je fondais à vue d'œil, j'étais essoufflé. On ne savait toujours pas.

Isabelle Nanty m'avait demandé si j'avais la force d'écrire. J'avais l'impression que tout s'écrivait déjà et défilait avec la précision d'une boîte à musique. De toutes les façons, ce n'était pas à moi d'écrire. C'était à mon corps. C'était à mon corps rompu de prendre la parole.

Le docteur JFK me dit que j'en avais encore pour au moins deux mois avant d'être opérationnel. Je fis de grands yeux incrédules. J'étais dans un état de sidération molle comme si tout ceci se déroulait en dehors de moi.

« Disons janvier 2020, me dit-il.

— Dans deux mois ! Quel gros farceur et pourtant il n'a pas l'air, me dis-je.

— Tant que nous n'avons pas éradiqué votre inflammation, vous ne pourrez rien faire, ni grossir, ni travailler. »

Je quittai l'hôpital Armand Carré à petits pas douloureux. Je commandai un Uber. J'allais peut-être écrire deux lignes sur cette matinée tiédasse qui me laissait mi-figue mi-raisin.

Le Uber s'arrêta devant chez moi en même temps que Ray, le fils de notre pédiatre qui m'apportait un plat de Mafé et un kouign-amann réalisé par sa mère. Mafé et kouign-amann, certes je devais grossir : association culinaire sénégalo-bretonne à mon secours.

X

La veille de la Toussaint, un jeudi matin, je fus réveillé par le téléphone.

« Bonjour Monsieur, je suis chef de clinique au Kremlin-Bicêtre. Votre dossier a été présenté en staff multidisciplinaire. Vous avez une dilatation de l'artère pulmonaire qui comprime votre trachée. Vous risquez soit une rupture de cette dilatation, soit une asphyxie dans les mois ou années qui viennent. Dans les deux cas, il y a un risque vital. Le staff médical propose une opération. Êtes-vous d'accord pour vous faire opérer ?

— Euh… oui !

— Je vous propose un rendez-vous dans un mois pour en parler avec le chirurgien. »

La secrétaire m'appela le lundi pour me fixer un rendez-vous. Je pus obtenir une date proche. Une sorte de sixième sens me faisait dire que je ne tiendrais pas plus d'un mois dans cet état. J'étais non seulement douloureux, mais également très essoufflé au point que me lever d'une chaise devenait très difficile.

XI

La salle d'attente du docteur Dageli ressemblait à une symphonie de soufflerie. Petites successions de souffles courts chez ma voisine, comme une femme qui va accoucher. Souffle rauque sortant de l'orifice de trachéotomie de mon voisin. Un petit monsieur au ventre énorme et au double menton dodelinait péniblement de la tête au rythme de sa respiration comme s'il devait accompagner l'air jusque dehors. Il en avait les larmes aux yeux, le pauvre ! Il s'accrochait à un petit diable sur lequel tenait sa bonbonne d'oxygène. Tout le monde semblait relever de l'urgence, mais chacun attendait son tour. D'ici qu'il y en eût un qui rendît l'âme dans la salle d'attente ! J'attendais aussi.

Tout mon corps était endolori et j'avais mal au thorax. Comme un étau qui se serait serré et desserré. Ma respiration était comme un roulement de tambour qui montait et descendait.

Le docteur Dageli me reçut en dernier dans un petit bureau contrastant avec sa renommée. Dans la pièce d'à côté, on entendait l'activité d'une secrétaire qui compensait par un surcroît d'énergie la lassitude apparente du médecin. Elle était plusieurs fois venue rassurer les patients dans la salle d'attente et se chargeait maintenant des rendez-vous du patient précédent. Qui imaginerait que le travail de secrétariat comportât un tel volet d'ange gardien et d'empathie ?

La rencontre avec le docteur Dageli fut un choc réciproque. Je le trouvai très fatigué. Il me regardait avec l'air de dire « Comment ce fantôme a-t-il pu arriver jusqu'ici ? »

Il prit le temps de lire mon dossier puis releva vers moi une mine rongée et exténuée.

« Je suis vraiment désolé. Vous avez l'air très fatigué. On vous a convoqué pour quinze heures et il est dix-huit heures. Désolé. En plus, vous êtes un confrère !

— Ne vous inquiétez pas, confrère. Vous savez, ça fait deux mois que je suis dans les hôpitaux. Je vois comment chacun se démène. C'est un miracle permanent. Alors trois heures de retard…

— Il était prévu une opération sur les anévrysmes pulmonaires. Mais ce serait peut-être utile de traiter d'abord la maladie inflammatoire qui vous agresse. Vous avez perdu vingt kilos. Il est hors de question que je vous opère dans de pareilles conditions. »

Je me disais de mon côté qu'il était hors de question que je me fisse opérer par un zombie pareil.

« Essayez de vous requinquer avec nos amis de médecine interne et rappelez-moi dès que vous aurez repris un peu du poil de la bête. Voici ma carte. N'hésitez pas, même en urgence. »

« Vous aussi, essayez de vous requinquer, parce qu'à ce rythme-là, vous allez exploser en plein vol et je n'aimerais pas être dans l'avion à ce moment-là. » Le docteur Dageli n'entendit pas mon conseil, mais il me plaisait de le marmonner alors que je me dirigeais vers ma voiture. Cela me rassurait.

XII

Imaginez que vous souffliez dans une paille ou dans un tuba et que, brutalement, le tube soit obstrué et que, malgré tous vos efforts, vous n'arriviez que très difficilement à expulser l'air que vous avez dans les poumons. C'est très précisément ce qui m'arriva ce samedi. Ma sœur et moi-même étions tranquillement installés dans le séjour de ma maison. J'étais en robe de chambre. Je me dirigeai vers la porte-fenêtre pour fermer les volets en bois. Un vent glacé faisait craqueler les feuilles de mon laurier. Dès que j'ouvris, un froid sibérien me submergea la poitrine et me coupa le souffle, net. Je ne pouvais plus respirer. L'air restait bloqué dans mon thorax et n'arrivait à sortir qu'au prix d'un gros effort. Le SAMU fut appelé et il n'arriva qu'au terme d'une attente interminable pendant laquelle je ne savais plus quoi faire entre me rouler par terre ou tenter de rester calme dans mon fauteuil. L'équipe du SAMU fut d'une grande efficacité. On prévint le docteur Dageli et je fus conduit à l'hôpital Geneviève Lecourt.

Dans l'ambulance, je fis la connaissance de la ventilation non invasive, VNI pour l'ami intime que j'allais devenir avec elle, l'ami dont elle sauvait la vie. C'était un système de ventilation à haute pression qui ouvrait les voies respiratoires. Ceci changea le tableau : je ne comprenais pas trop ce qui m'arrivait, mais j'étais vivant. Je pouvais respirer.

Le répit ne fut que de quatre jours. Alors que j'avais été transféré dans l'unité de soins intensifs pulmonaires du Kremlin-Bicêtre, je fus terrassé par une nouvelle crise de spasme bronchique avec une impossibilité d'utiliser la pression positive qui conduisit à une intubation trachéale immédiate. L'intervention devenait inéluctable. Je fus opéré en urgence pendant six heures. Le docteur Dageli effectua une chirurgie cardiaque sous circulation extracorporelle afin de retirer les anévrysmes pulmonaires qui, selon toute vraisemblance, comprimaient les voies respiratoires.

Mes trois enfants en visite avaient assisté à cette scène d'urgence où je m'asphyxiais devant toute l'équipe. Je leur faisais signe par le pouce droit en l'air, avant d'être intubé, que tout allait bien se passer. Pour moi-même en guise de dernière parole, je m'étais dit que j'avais fait ce que j'avais pu. Dans ce genre d'occasion, on imagine que plusieurs dernières phrases célèbres vous traversent l'esprit. César Auguste, Jésus, Goethe : je n'avais pas le temps de me remémorer les dernières phrases de ces célébrités. Dans ces circonstances-là, on ne se pose pas trop de questions et je m'abandonnai en toute confiance dans les bras de la médecine.

XIII

Je me réveillai dans une sorte de grand entrepôt où une rangée de lits s'alignait de part et d'autre d'une allée centrale. On entendait le bruit des respirateurs, les alarmes des scopes et les conversations des soignants.

Des opérés, juste le souffle qui allait et venait, captif de la machine. Tous avaient un tube dans la bouche. Impossible d'émettre le moindre son. Je voulais dire quelque chose. Je ne le pouvais pas. Vouloir dire quelque chose. Avoir les mots à l'intérieur et ne pas y arriver. Où étais-je ?

J'appuyai sur la sonnette. Une infirmière rousse toute en rondeur et en douceur vint me voir. Elle formula plusieurs questions-réponses : « Vous avez mal ? C'est normal que les électrodes tirent un peu, on ne peut pas vous donner les antidouleurs plus vite que ça. Là, c'est le pansement. C'est normal qu'il tire. On ne peut rien faire ».

Elle retourna à son ordinateur. Elle m'avait dit plein de choses, mais ce n'était pas ce qui me préoccupait.

« Il semble que j'ai été opéré. De quoi ai-je été opéré ? Quelle heure peut-il être ? » Je me posais la question *in petto* et attendais, hagard, le prochain passage de l'infirmière.

Le tube dans la gorge, l'étau sur la poitrine, je revenais vers la vie.

J'avais eu jusqu'à présent une humilité souffreteuse et altruiste faite d'un don de soi et d'un oubli de soi qui allaient au confinement. J'avançais dans la vie en grande discrétion et la médecine m'avait permis de me consacrer aux autres, aux femmes. Les autres, c'était pour moi comme une passion. Les aimer comme une quête, une façon de ne pas mourir. En toute discrétion, comme avec la crainte d'être surpris et arrêté et de devoir m'excuser.

Je considérais que faire le bien était une mission secrète. « Que ta main gauche… » J'avais enfermé toutes mes actions dans un sarcophage dont personne ne connaissait le contenu. Toutes ces angoisses, cette tension permanente, cette peur, cette crainte d'un imminent et inéluctable désastre m'avaient fait mener mes actions et mes réflexions avec d'infimes précautions comme si un point d'interrogation tournoyait en permanence tel un diablotin dans mes pensées. La passion pour mon métier me permettait d'oublier le reste.

De ma naissance à Elisabethville au Congo, ville rouge de poussière et de sang, pendant la sécession katangaise, j'avais comme une mémoire du corps de toutes les horreurs de cette guerre civile. Les veilles de mes jours étaient comme les lendemains de ceux où les canonnades avaient depuis longtemps remplacé le chant du coq pour mes réveils et où le soleil était le brasier jaune orange des maisons en feu. Ma famille fut sauvée de justesse par des Gurkhas, soldats des Nations Unies, alors que des troupes incontrôlées procédaient à des massacres maison après maison. Jusqu'à présent, je m'étais comporté comme ces rescapés de guerre qui rasent les murs. Cette fois-là, je me réveillais d'une mort qui avait failli m'emporter sans fard ni bruit. J'étais vivant. Je les voyais défiler tous, des êtres aimés, tous, comme un seul homme, informes dans la brume de mes larmes involontaires. Puisque, semblait-il, j'étais hors de danger, je pensai qu'il fallait désormais déployer mes ailes. Il fallait vivre. Il fallait enfin inscrire « joie » au fronton de chaque journée. Il fallait filtrer, enfin.

Je sonnai de nouveau. L'infirmière revint me voir. Je lui demandai par signe une ardoise où je pus écrire : « opération ? »

« Mais bien sûr, monsieur. Je vous l'ai dit en vous accueillant. Je pense que vous avez dû oublier à cause des produits d'anesthésie. »

XIV

Durant les premiers jours suivant l'intervention chirurgicale, je fus maintenu sous ventilation positive. Je respirais toutefois avec beaucoup de peine. J'étais perplexe par le fait que j'avais la même difficulté à respirer qu'avant, l'impression que le souffle de tout mon corps devait passer par une paille de deux millimètres de diamètre. À certains moments, ça ne passait plus du tout et il fallait régler une pression plus forte.

Lorsque ces épisodes d'occlusion complète survenaient, c'était pour moi la panique complète. J'étais suspendu à l'arrivée de l'équipe un peu comme je l'avais été à l'arrivée du SAMU.

Ce jour-là, après deux minutes, ou peut-être quelques secondes d'attente, personne n'était arrivé. J'étais en état de panique totale. À la douleur et à la suffocation s'ajoutait une certaine impression d'indignité puisque tous mes sphincters se relâchaient sur le lit, ce qui peut arriver dans les états émotionnels intenses ou quand les tissus sont mal oxygénés.

Je tentai de régler moi-même l'appareil lorsqu'enfin un soignant arriva et s'en occupa tout en me parlant : « Attendez monsieur, je vais tout de suite vous dire ce qui se passe ici. Vous ne touchez à rien. Vous avez besoin de ces machines pour respirer, mais vous n'y touchez pas. C'est moi le maître ici. Quand on doit enlever la grosse machine de ventilation non invasive, VNI, il faut être prêt à faire le relais avec *l'Optiflow* qui est plus petit, mais qui vous donne également un haut débit d'oxygène ».

Avais-je affaire à un excès de zèle ou plutôt à un grand numéro de mâle dominant typique ? L'infirmière venait à son tour d'entrer dans la chambre et semblait pour le moins peu encline à venir à mon secours.

« Si vous n'êtes pas d'accord ? Si vous voulez mourir ? OK, c'est moi-même qui vous couperai l'air. » Il sortit de la chambre comme pour reprendre son souffle. À son retour, je n'en menais pas large.

J'étais otage du soignant qui était supposé m'aider à revenir à la vie. Je revivais les choses sous menaces. Je compris vite que ni l'explication maladroite ni l'invective lente n'aurait raison des ressorts de mon geôlier.

« Comment procédons-nous, dis-je ? en essayant de me donner une contenance.

— Comme d'habitude, je fais une petite prière puis je vous égorge… Mais non ! Mais non ! je rigole ! Je fais votre toilette… »

Je fus très traumatisé par cet épisode au point que, plus tard, j'hésitai à signaler cette violence inouïe à la direction de l'hôpital. J'en parlais également aux soignants du Kremlin-Bicêtre où je séjournais par la suite. Ils essayèrent de relativiser la situation en me disant que, parfois, pour certains patients, l'effet conjugué des drogues et du mauvais caractère pouvait amener à user plus du bâton que de la carotte et qu'il fallait somme toute ne pas trop dramatiser.

Je reste à ce jour mitigé quant à cette explication et je pense que, comme partout, des malades mentaux non dépistés existent parmi le personnel des hôpitaux. Dieu merci, c'était sûrement l'exception.

Cet épisode n'avait fait qu'accentuer mon angoisse et les épisodes de suffocation se rapprochaient de plus en plus.

J'étais autant terrorisé par cette grande quantité d'air qui restait captif dans mes poumons et que je devais expulser par un pertuis qui s'amenuisait de plus en plus que par la vision des équipes qui, à chaque crise, venaient là et observaient les différents appareils, comme impuissants.

Un jour, j'eus une crise qui dura très longtemps et qui ne cédait à aucune manœuvre. De plus en plus, je me sentais inondé, comme anesthésié par l'air que je ne pouvais expulser. J'aurais souhaité mourir pour mettre fin à ce supplice.

« Pourtant la saturation est à quatre-vingt-dix pour cent ! » C'est la dernière phrase dont je me souvins avant de momentanément quitter ce monde.

XV

J'eus comme une téléportation où je me retrouvai au plafond de la chambre, contemplant mon corps allongé sur le lit, puis je partis, poussé par la cohue suffocante de gens qui allaient et venaient, des morts et des vivants agglutinés. Où allais-je ? Avais-je eu un seul instant de joie ? J'essayai de me rappeler. J'avais froid. Tout nu et comme j'y étais venu, j'étais en train de quitter le monde.

J'étais seul dans la foule. Personne ne pouvait rien à ma solitude. Ni moi-même ni quiconque. De part et d'autre se tenaient des créatures recroquevillées les unes sur les autres, au teint cireux et gris et au visage sans expression.

J'avais la tête baissée d'un élève qui aurait rendu un mauvais devoir. Où allais-je ? Avais-je été bien ou maltraité par cette vie que je quittais ? Avais-je seulement été traité ? Avais-je été aimé ? Avais-je aimé ? J'étais en route vers d'où je venais. Je retournais vers l'ordre immuable des choses. Je retournais rejoindre ma mère. Tout était à sa place. Liquéfaction du cerveau. Distorsion des souvenirs kaléidoscopiques. Ceux qui avaient traversé les cinq mondes, ceux qui avaient tout donné et repris, ceux qui ne mangeaient plus, ceux qui ne riaient plus, tous venaient me voir.

Certains témoins décrivent une grande lumière. Moi, je vis une énorme montagne de lave noire incandescente et fumante qui absorbait au fur et à mesure les pèlerins. J'étais à deux millimètres. Ça sentait l'encens et le cyprès. J'étais enveloppé de chaleur et d'un bien-être indicible. Était-ce cela Yahvé ou Allahou akbar ? Quelque chose d'impossible, d'inatteignable, d'insurmontable, d'infranchissable. Le Tout-Haut ? J'allais disparaître dans ce magma. Je n'avais plus peur. J'avançais, mais ne l'atteignais jamais. Je restais ainsi. Je ressentais une reconnaissance infinie pour ceux qui m'avaient un tant soit peu fait l'offrande d'une quelconque sollicitude pendant ma longue errance solitaire. J'avais marché tellement longtemps. Était-ce bien ici que je devais arriver ? Étais-je mort ? Étais-je vivant. Je tremblais de nouveau. J'entendais une voix qui me disait : « Allez ! Accroche-toi. On ne lâche rien. On ne lâche rien. » Je fis demi-tour. Tout là-bas au loin, à la sortie du tunnel, une ombre diaphane me faisait signe et m'encourageait à venir.

Je me retournais et vis au loin Conchi qui me suivait du regard. Était-elle chez les vivants ? Était-elle chez les morts ? Restait-il sur cette terre une personne malheureuse de mon fait ? Avais-je raté quelque chose ? Où allons-nous après la mort ? Nous implorons Dieu pour qu'il nous prenne en miséricorde et nous réserve un sort clément. Par crainte, nous succombons au pari de Pascal, mais que savons-nous de l'au-delà, si ce n'est que c'est l'au-delà ?

Même Jésus qui en est revenu est juste revenu, mais n'a rien rapporté sur son périple.

Conchi était une amie que je n'avais plus revue depuis dix ans. Elle avait une maladie bipolaire et la dernière fois que je l'avais vue, elle était dans un hôpital psychiatrique. Pourquoi était-ce elle que je voyais ?

J'étais mort. Fallait-il que je revienne de la mort avec une éternité d'amour à vivre ? Vivre, c'est échapper à la mort. Nietzsche disait « la valeur de la vie ne saurait être évaluée. Pas par un vivant, car il est partie, et même objet du litige, et non juge, pas davantage par un mort. »

L'erreur de Nietzsche, c'était d'avoir tracé une frontière aussi franche entre les deux rives. Entre la vie et la mort, il y a un monde, un temps avec en corollaire une terrible impossibilité, celle d'y demeurer *ad aeternam*.

Quand on peut en revenir, peut-être qu'alors on peut donner à la vie sa propre valeur. C'est très précisément de ce monde d'où je suis revenu.

XVI

J'étais confortablement installé dans mon lit d'hôpital. J'avais l'Optiflow à la narine. Tout était calme et pourtant, mon dernier souvenir était un souvenir de grande agitation. On me transportait. J'étais sur un brancard. Tout le monde parlait. Et moi, j'étais mort.

« Oui ! tout cela est vrai. Vous avez eu une grande détresse respiratoire. On vous a amené au scanner. Vous étiez très agité. En plus, votre cœur a commencé à présenter des troubles du rythme. Il a fallu vous endormir.
— Mais j'ai vécu une expérience comme une mort imminente.
— Oui, c'est connu, me dit l'anesthésiste. Ce sont des rêves *dieusiques* probablement liés aux drogues. »

Dieusique ? Plus tard, après ma sortie d'hôpital, je voulus vérifier le sens de ce mot et me rendis compte qu'il n'existait pas. Avais-je mal compris ?

Laure qui s'y connaît par je ne sais quel mystère me dira plus tard, lors d'une visite, que l'anesthésiste avait probablement raison. Ce n'était pas une expérience de mort imminente, mais plutôt une expérience onirique intriquée dans laquelle des épisodes majeurs de notre vie défilent un peu comme lors d'un épisode de très violentes turbulences dans un avion, quand on pense que notre heure est venue.

En plus, dans les expériences de sortie de corps, on peut traverser les murs et voir ce qui se passe dans la pièce d'à côté et avoir des angles de vision impossibles comme voir l'intérieur de son oreille ou de sa bouche.

« Les gens qui se font opérer et qui font une sortie du corps peuvent ainsi avoir une vue sur le champ opératoire. » Mais où Laure avait-elle appris tout ça ?

XVII

J'appelai Miguel Ortega de la Luz, le plus altier des médecins que je connais. C'était un ami biologiste avec qui j'ai partagé de nombreux moments professionnels et amicaux. Je voulais lui faire un clin d'œil comme il m'en avait lui-même fait un quelques années plus tôt après avoir subi une thoracotomie pour un problème de valves cardiaques. Je voulais lui rendre la pareille en lui disant que nous étions désormais logés à la même enseigne.

Très clairement, cette fois-ci, il n'en menait pas large et n'avait pas souhaité mettre la caméra. Ce n'était pas de bon augure. On lui avait diagnostiqué une sclérose latérale amyotrophique encore appelée maladie de Charcot. La maladie avait évolué. Il lui fallait ses deux mains pour tenir un verre et il rencontrait des difficultés pour se brosser les dents. Son moral était fortement atteint.

Il était désormais en invalidité de type trois avec une conservation de son salaire plein jusqu'à la retraite. Mon clin d'œil tombait comme un cheveu dans la soupe, mais nous gardâmes bonne contenance face à l'adversité qui nous assaillait l'un et l'autre.

Auparavant, à chaque rencontre, nous nous racontions toujours une bonne blague que nous avions gardée bien au frais pour l'occasion. Là, le cœur n'y était pas vraiment et nous échangeâmes sur les spécificités techniques de nos VNI.

XVIII

Quoi de neuf ? Nous étions le deux décembre, par une belle journée d'automne comme souvent le sont celles qui suivent les vagues de grand froid. Un soleil éclatant écrasait de ses rayons le square qui jouxte l'hôpital. De nombreuses perruches ont colonisé le parc, posant dans les érables leurs nids comme autant de boules de Noël ou comme autant de tableaux finaux d'un feu d'artifice diurne.

C'était une belle journée pour quitter le service de réanimation. Je retournais au Kremlin-Bicêtre.

Je me dis qu'il fallait que je raconte tout cela à Isabelle Nanty, et surtout, que je lui montre mon nez. C'était un nez plus à la Michel Serreau, mon nouveau nez, celui qui faisait que la face de mon monde était changée et qui me donnait enfin un diagnostic après plus de trois mois d'errance hospitalière.

Mes enfants venaient me visiter tous les jours. Les règles de visites étaient strictes, une personne à la fois. Les précautions d'hygiène aussi. Ce jour-là, sans le savoir, mes filles avaient fait le diagnostic du mal qui me taraudait.

« Papa, il n'était pas comme ça, ton nez. Ils te l'ont cassé, ton nez. »

On appela le chef de service. Il m'examina sous toutes les coutures, de face, de profil et repartit vers son bureau en se tenant les mains dans le dos. Quand il revint, c'était Archimède sortant de son bain « Eurêka ! j'ai trouvé ! »

« Ce que vous avez au nez s'appelle une ensellure nasale. Elle existe dans certaines maladies et en particulier dans une maladie orpheline qui s'appelle la polychondrite atrophiante. C'est une maladie qui fait que votre cartilage s'effondre comme un château de cartes et peut vous empêcher de respirer.

— Mais on m'avait dit que c'étaient les anévrysmes pulmonaires qui obstruaient mes bronches ?

— Peut-être que ces anévrysmes ont contribué à vos symptômes, mais le fait que vous continuiez à suffoquer après l'opération plaide en faveur de cette nouvelle hypothèse. Vous savez, nous sommes comme un quai des Orfèvres de la médecine avec de fausses et de vraies pistes. Cette hypothèse semble désormais la plus probable et nous allons prendre l'avis d'un interniste pour instaurer un traitement adapté à cette nouvelle situation. »

Les hôpitaux parisiens et en particulier l'assistance publique sont comme les forêts équatoriales d'Amazonie ou d'Afrique. Une multitude de personnes sont au sol en train d'assurer la logistique. Mais juchés dans les sommets, dans la canopée, s'activent les excellences qui communiquent directement entre elles.

On fit appel à un interniste de renom, une vieille connaissance, JFK, qui indiqua la meilleure conduite à tenir, à savoir l'emploi de corticoïdes à fortes doses, suivi par une chimiothérapie à base de cyclophosphamide et de méthotrexate pendant six mois. Chimiothérapie, c'est forcément un gros mot et ce n'est pas très écologique pour moi qui fais mes courses à La Vie Claire et qui, de toute éternité, ai traqué les additifs et autres colorants cancérigènes sur les emballages, E102, E 142 et d'autres encore tellement nocifs qu'ils ont tous des noms en codes chiffrés. Ils avancent masqués. Tout comme l'infirmière qui venait s'occuper de ma perfusion.

On s'imagine toujours le pire. La douleur, les cheveux qui tombent par poignées entières. Pourtant, jusque-là, j'avais l'impression que ça ne se passait pas trop mal. J'avais des plaques sur le cuir chevelu et les orteils qui me grattaient terriblement. Adieu La Vie Claire ! Et on me donnait un antibiotique pour que je n'attrape pas une infection opportuniste du genre pneumocystis ou autre saloperie.

XIX

Je débutai la chimiothérapie pendant mon séjour en réanimation où je restai vingt jours. Les crises de spasmes bronchiques furent de plus en plus espacées. Dans les suites, les crises étaient prévenues au moyen de séances d'aspiration bronchique réalisées par deux experts endoscopistes locaux, précautions qui me laissèrent un certain répit.

Ces experts décrivaient un rétrécissement de la trachée à quatre centimètres en dessous des cordes vocales et également un aspect malade — ils disaient malaciques — de mes bronches souches.

Lorsque je rencontrai cinq mois plus tard le grand spécialiste parisien de ces maladies rares, le diagnostic changea de nouveau en raison de la présence d'un certain anticorps ANCA anti PR3 — je vous le dis comme je l'ai entendu — qui avait été négatif puis positif.

Cinq mois plus tard, une nouvelle maladie orpheline nommée granulomatose polyangéite à forme chondritique avec ANCA anti PR3 allait chasser la précédente. Cela n'avait pas d'incidence sur ce qui avait été fait jusque-là.

La granulomatose polyangéite, dite GPA, était anciennement nommée maladie de Wegener, décrite en 1939 par Friedrich Wegener, anatomopathologiste sous le Troisième Reich. La maladie avait changé de nom en 2011 dans le cadre de la dénazification des noms en médecine.

Au départ, j'avais des tuyaux partout. Deux voies d'abord veineuses et une voie artérielle pour surveiller l'oxygénation du sang. Une sonde urinaire à demeure. L'Optiflow pour apporter l'oxygène, une sonde nasogastrique pour l'alimentation parentérale par des compléments hyperprotéinés.

Ouf ! Un jour, ils décidèrent de ne plus me reposer la sonde gastrique. Ça faisait trois fois qu'elle était tombée. L'infirmière me dit que, même si j'avais perdu vingt kilos, on allait laisser comme ça, que je n'avais qu'à fournir un effort pour absorber les repas servis, qu'on me donnerait des compléments par la bouche.

Prostration, application, concentration, recueillement, je notai toutes sortes d'attitudes chez mes visiteurs. Mes enfants étaient appliqués, se relayant sans cesse, tentant de devancer mes demandes, mais il n'y en avait pas vraiment. Leur présence suffisait.

Ma sœur s'accrochait aux horaires de mes traitements. Mon frère prenait des nouvelles de Belgique. Ils avaient tous eu très peur. Moi qui avais failli penser dans un premier temps qu'ils en faisaient trop, je dus me ranger à l'avis général : j'étais un rescapé de la mort.

Je quittai la réanimation de l'hôpital Geneviève Lecourt avec un sentiment de reconnaissance infinie pour toutes les équipes qui prirent soin de moi, dans un état de dépendance et de panique totale. Mille fois, les crises de bronchospasmes faillirent me tuer. Mille fois, cette maladie orpheline montra une nouvelle facette de sa perfidie. En plus, on m'avait découvert une arythmie cardiaque par fibrillation auriculaire qui gênait le fonctionnement de mon cœur.

Alors que je quittai le service, j'avais l'impression d'avoir avec l'équipe gagné une partie importante de la bataille. Le docteur Bertim, une belle réanimatrice, blonde aux cheveux courts, accompagna du regard le brancard qui m'emmenait.

« Au revoir, Monsieur, nous ne voulons pas vous revoir tout de suite. Ne manquez pas de nous donner des nouvelles lorsque vous serez complètement rétabli. »

Je suis retourné dans l'unité de soins intensifs de pneumologie au Kremlin-Bicêtre. C'est d'ici que j'étais parti en urgence. Tout le monde me connaissait maintenant. J'avais sympathisé avec Carole, l'infirmière. Elle prenait son service à quatorze heures — les infirmières tournent en sept heures cinquante-six. Pour passer le temps, je décidai que j'étais son otage. « Si vous voulez… du moment que ça ne perturbe pas le service ». Ça ne l'engageait à rien. Je l'entendis pour ma part comme une promesse. La veille, je m'étais promis avec elle un syndrome de Stockholm. J'étais désarçonné. J'avais du mal à comprendre. Aujourd'hui, elle me la battait carrément froide. Elle s'était trouvé un nouveau patient de quarante-neuf ans qui fêtait son anniversaire le lendemain et il y avait des parts de gâteau à la boutique Relai H de l'hôpital et bla et bla et bla.

De nouveau, cette oppressante impression de solitude.

Je me composais une petite chanson dans ma tête et me la fredonnais entre les dents :

L'angoisse (le blues) me fait tenir
Le bonheur ne m'est d'aucun secours
Je le sais, le bonheur me tuerait
L'angoisse (le blues) me fait tenir
Tenir dans ce monde d'ici
Tenir auprès de mes amis

Le vingt-deux décembre 2019, je reçus un mot d'Isabelle Nanty :

J'ai croisé il y a dix minutes Jérôme, un ami à vous du basket. Il me dit que vous êtes toujours hospitalisé. Allez-vous passer les fêtes là ? Vos enfants sont-ils avec vous ? Quelle mésaventure, vraiment. Ont-ils trouvé moyen de vous soulager ? Avez-vous la force d'écrire ? Un dictaphone ? Sur le téléphone, il y a un dictaphone. Prenez des notes. Je connais quelqu'un qui pourra vous les recopier. Je vous embrasse (Noël oblige) et vous souhaite d'avoir malgré tout de doux moments avec vos proches. Isabelle

Je répondis :

Bonsoir Isabelle Nanty. Oui ! quel joli clin d'œil et quelle belle surprise via mon Jérôme que j'adore. Eh oui ! C'est une vraie saga. Je vais beaucoup mieux et je pars demain en réhabilitation aux Flam-

boyants, à Châtenay-Malabry. J'écris un peu, de tout. Je manque encore de souffle. Je suis bien entouré. Je vous embrasse également. Le Mag

Cette chose m'était tombée dessus comme la peste sur le vieux monde. Je n'en avais jamais entendu parler, même pas pendant mes études de médecine, de cette polychondrite atrophiante.

Une maladie dans laquelle les cartilages de tout le corps s'effondrent comme des châteaux de cartes. Chez moi, c'étaient surtout les bronches et la trachée qui étaient atteintes et je risquais de m'asphyxier à tout moment. En fait, j'aurais dû devenir fou, mais, d'après Sidonie, comme mon cerveau était trop bétonné pour la folie, c'étaient les cartilages qui avaient pris. Maladie orpheline. Ça faisait classe. Une maladie qui n'avait trouvé que moi comme parent. Trois cas par million. J'avais toujours été quelqu'un d'exceptionnel. Dès ma sortie, je monterai une demande de médaille de l'ordre national du Mérite. Et même après la correction du diagnostic, je restais à un sur quarante mille.

En tous les cas, ce n'était ni un burn-out ni une dépression. Certains se rongeaient les méninges, d'autres broyaient du noir, ici on se bouffait le cartilage. Je me consumais par mes cartilages, une sorte d'autophagie ou plutôt de « chondrophagie ». Ma fierté était sauve et tout le monde m'encourageait à bien prendre mon temps pour récupérer sans user de la condescendance réservée aux fragiles psychiques.

Sidonie appela à huit heures vingt. Sidonie est une grande fille d'un mètre soixante-dix, blonde avec de longs cheveux. Elle est d'une pâleur extrême qu'elle masque par une épaisse couche de fond de teint, de longs faux cils noirs et un rouge à lèvres outrancier. La dernière fois que je l'avais vue, j'avais dû la ramener chez elle parce qu'elle avait abusé de THC. Elle m'appelait en visioconférence *via* WhatsApp. Elle était éducatrice en poste de soutien scolaire et là, elle venait de faire entrer les enfants.

« Allo ! Comment vas-tu ? Sa question était ponctuée d'une toux grasse dont je m'inquiétai. Ouais. Je ne mange pas bien et j'ai repris shit et alcool. Sinon, c'est trop cool. Je m'occupe des enfants. Ils m'adorent. Je fais ma peinture. Je prépare une résidence pour réaliser un triptyque. C'est payé que dalle, mais c'est pour une expo début mai, le jour de mon anniversaire. »

Sidonie était pleine de vie et tellement mortifère à la fois que je la voyais toujours comme en sursis, comme une Amy Winehouse. Là, elle m'appelait pour m'encourager.

« Hé ! Chou-fleur, n'hésite pas à appeler si tu as un bug. Je calcule le trajet et je viens te voir si c'est moins de deux heures. »

XX

Les couloirs de l'unité de pneumologie aiguë étaient immenses. J'étais flippé. Était-ce à dire que j'allais mieux cependant qu'une angoisse incompressible m'étreignait ? Était-ce ma bonne santé qui revenait avec son cortège de démons ?

Je pensais au docteur Sakti, mon psychiatre. Je le voyais depuis que j'avais décidé de divorcer. Un divorce, c'est comme un suicide, c'est tellement personnel. Ce qu'on reproche à l'autre se mélange au sentiment d'indignité personnelle. Moi, je divorçai à « l'insu de mon plein gré » après trois décennies d'une relation chaotique. Ça faisait un an que je reprochais au docteur Sakti de ne pas prendre ma dépression assez au sérieux parce qu'il refusait de me mettre sous antidépresseur. Je ne filtrais plus du tout.

« Personne ne fait ce que j'ai fait, docteur. Quitter sa femme après trente ans de vie commune et trois magnifiques enfants et me retrouver seul et endetté jusqu'au cou. Sans amour, on se fige, on se sclérose, on se ratatine, on se « sporozoïte. »

Le divorce est un mauvais plat dont les particules putrides saturent les papilles sans qu'on puisse à aucun moment en extirper la moindre. Je tenais ma bouche et mon âme bien fermées comme ces personnes qui sont peu sûres de leur haleine.

« Si j'ai bien compris ce que vous m'avez dit, Monsieur, vous étiez en train d'y laisser votre santé et votre peau, non ? m'avait rétorqué le docteur Sakti. »

Ah ça ! Il pouvait bien parler, le docteur Sakti. Il pouvait bien se la lisser sa barbe poivre et sel, et comment qu'il pouvait bien en parler de ma santé !

Je me dis que c'étaient des soirs comme celui-là où les déprimés comme moi passaient à l'acte. Quand ils vont un peu mieux, mais pas trop. J'avais un flash de Primo Levi en haut de son escalier, d'Hemingway caressant sa carabine, de Romain Gary et son pistolet ou de Dalida ouvrant son flacon de médicaments. Je savais que le suicide est toujours une bonne décision parce que c'est l'ultime.

Depuis qu'une de mes collègues s'était suicidée après m'avoir maudit la veille avec une bise qu'on ne se faisait jamais, tout le monde à l'hôpital avait été par la suite très gentil avec moi comme si j'avais été le meilleur prochain candidat.

J'allais encore chez le docteur Sakti bavasser sur la pauvre Conchi qui était psychiatrique et qui « m'aimait ». Être aimé était une bonne alternative au néant. Et être déjà mort est une bonne alternative au suicide. Mon ami Bruno mort d'un cancer du poumon deux ans auparavant s'était inquiété pour moi jusqu'à son dernier souffle. Je lui devais bien ça, à lui qui aimait tant la vie. Vivre.

L'infirmière vint vérifier que tout allait bien.

« Je suis flippé. Pensez-vous que c'est signe de meilleure santé ?

— Je ne saurais vous répondre. Ce n'est pas vraiment mon domaine. »

Je me recouchai. Un peu penaud. Était-ce une dépression réactionnelle après tout ce qui venait de m'arriver ? Un choc post-traumatique ? Et si ce n'était qu'un grave syndrome de manque, mais alors, un manque de quoi ? De compagnie, de câlin, d'amour, de sexe ?

Je m'amusai à penser envoyer un SMS à Sidonie. À plusieurs reprises, je l'avais entendue faire son propre éloge dans l'art du sexe et des caresses. « Tous mes potes disent que je fais des fellations divines ! Ha ! Ha ! »

Je n'avais pas eu l'occasion de vérifier ses talents. J'allais avoir besoin d'elle peut-être. Puis je me rappelai son histoire récente de viol et me trouvai ignoble. Je me dis qu'elle avait plus besoin d'un ami que d'un prédateur sexuel convalescent. J'étais en plein syndrome chinois. Sous le règne de Mao, c'était l'appellation que les étudiants africains boursiers en Chine avaient donnée à leur abstinence forcée. Les préjugés voire le racisme des Chinois vis-à-vis des Noirs faisaient que les chances d'avoir une relation sexuelle avec une Chinoise au cours du séjour étaient nulles. La veuve cocotte poignet était la compagne invisible du voyage. Tous jouaient à cinq contre un. Mao Ze Dong voulait bien être généreux en accordant des bourses aux étudiants africains, mais il était hors de question que ceux-ci vinssent à leur tour vider les leurs dans de pauvres petites Chinoises effarouchées et probablement trop étroites d'ailleurs. Ah ! ça non ! Et de mémorables histoires de lynchage à grand bruit de quelque téméraire dragueur de couleur, parfois envoyé de vie à trépas, avaient vite fait de faire tout le monde se tenir coi.

Cette digression mentale me fit perdre le fil de mes idées. Je ne me souvenais plus de quoi je me plaignais. Une seule chose était sûre. J'étais très bien et confortablement installé dans mon lit d'hôpital douillet, au Kremlin-Bicêtre, loin de la cruelle Chine. Je me disais aussi que le sexe se vengeait bien de toutes mes médisances à son sujet et que, si j'étais en train de signer un bail au long cours avec la solitude, j'espérais ne pas trop me maltraiter.

En solitude, nous nous maltraitons facilement par un défaut de la pensée. La solitude est une habitation, une bulle qui héberge notre entité unique et insubstituable. Elle est le lieu de nos émois, nos souvenirs, nos craintes.

Imaginons-la comme une grande pièce où serait entreposé ce fourre-tout. Ouvrons la porte. Restons sur le seuil et contemplons cette pièce. Cette pièce est notre cœur.

Nous restons sur le seuil. Nous ne voulons pas entrer. Nous restons au seuil de nous-mêmes, un pied déjà vers l'arrière pour aller voir ailleurs, voir quoi, voir qui puisque tout est ici. Nous hésitons. Et pourtant il faut entrer et s'installer dans ce capharnaüm. C'est seulement ainsi que nous serons en bon ordre pour déployer nos ailes. La solitude est le sommet de la montagne.

Pourquoi pleurons-nous sur notre solitude ? Parce que beaucoup d'émotions et d'expériences se vivent en solitude. La tristesse, l'ennui, la honte dorment ici. La solitude n'est ni bonne ni mauvaise. Elle est le lieu incompressible de notre condition humaine. Nos tentatives pour la tromper nous trompent nous-mêmes et nous sommes comme un escargot qui tenterait de semer sa coquille.

La maladie venait de me ramener à ce face-à-face avec moi-même dans cette pièce pleine de monstres assoupis et de fantômes glapissants avec, pour y entrer, mon corps éprouvé et mon souffle précaire.

XXI

Je me sentais beaucoup mieux. J'écrivis à Isabelle Nanty :

Vous m'avez écrit dernièrement : « Soyez un bon patient ! ». J'essaie de l'être. Vous m'avez dit : « Mangez ce que vous voulez ». Je mange tout ce qu'on me donne. Je dois reprendre du poids.
Si vous l'autorisez, je vous ai incluse dans mes écritures un peu comme un phare breton qu'on laisserait ici pour le retrouver plus loin au gré du vent et de la mer, et qui nous signerait le monde. Ça m'aide à tenir.

La rencontre avec Isabelle Nanty fut exceptionnelle en ceci qu'elle avait déclenché en moi un regard intérieur porteur d'une révélation inouïe. « Je suis un génie », m'étais-je dit.

Ce qui attirait chez Isabelle Nanty, à cet instant, c'était cet œil intérieur rond, celui que Nietzsche fait tout traverser pour aller directement au cœur du moi profond. Cet œil que moi, j'avais toujours tenu tourné vers les autres.

« Je suis un génie. » C'est le regard d'Isabelle Nanty qui me l'a dit. Parce qu'elle m'a regardé et je me suis joint à son regard et je me suis vu à l'intérieur.

« Je suis un génie. » Cette révélation m'éblouit. Ne pas l'avouer serait cécité, perte de chance. Faisons le pari du génie. Nous allons ouvrir la vieille malle à rêve et à imagination. Comme de vieilles paupières encroûtées d'un rhinocéros dormant d'un sommeil profond et récalcitrant. Oui, c'est cela, qu'il en sorte s'il ose, qu'il en sorte s'il peut, qu'il en sorte s'il veut, le génie, mon génie planqué. Allez dehors ! C'est Nanty qui l'a dit. Allez ! Et sans bouillir, le génie, au travail ! Il faut y aller vaille que vaille. Eh ! Génie ! Au turbin ! Il faut se jeter dans le bain. Simulons la folie s'il le faut. Adieu la timidité. C'est Nanty qui l'a dit. Tout est vain, je ne suis rien. Rien ne va. Rien ne vaut. Et tout va à vau-l'eau. Je suis un écrivain. Je vais survivre.

XXII

Laurence appela à quatorze heures.
« Quelle surprise ! Tu reconnais ma voix ?
— Bien sûr !
— Es-tu sûr que ce n'est pas mon avatar ?
— (Rires) Oh ! Tu sais, tout cela semble tellement loin. J'allais t'envoyer un bref SMS. Puis je me suis dit qu'en la circonstance un appel téléphonique convenait aussi.
— Et qu'aurait dit ce SMS ?
— (Silence)… Tu es revenu chez toi ?
— Oui, je suis revenu, après une longue errance chez les autres. Mais je ne veux pas te prendre trop de temps.
— J'ai tout mon temps. Je suis à l'aéroport de La Valette en partance pour la Tunisie. Dis-moi, si tu es revenu, c'est que tu as fait un peu de ménage dans ta vie.
— Je ne sais pas. Mais, dans tous les cas, j'ai retrouvé la pièce intacte où sommeillaient mes monstres. Je la regarde maintenant avec moins d'effroi et en serrant les dents, je me suis remis à l'exact endroit que j'ai quitté il y a cinquante ans. Il y fait froid. Je grelotte un peu parce que je suis seul et que j'ai encore peur.
— Tu as accepté.

— J'ai accepté et j'ai moins peur. Je te parle comme ça, alors que je ne t'ai vue qu'une semaine durant, il y a vingt-trois ans. Je ne suis même pas sûr de pouvoir reconnaître ta forme.

— Moi, j'ai reconnu ta voix grave et unique. J'avoue être très surprise. Tu ne m'as pas toujours bien traitée. Je me souviendrai toujours de ce grand Noir qui a refusé mon amitié. Tu as quitté ta femme ?

— J'ai demandé et obtenu le divorce, mais c'est elle qui m'a quitté, il y a déjà bien longtemps.

— Tu l'aimes toujours.

— Je ne sais pas ! J'ai fait comme une fugue. Notre alliance était impossible. J'ai vécu dans la terreur et elle dans la colère.

— Colère de quoi ?

— De mon absence auprès d'elle.

— Tu étais tout à tes monstres.

— La victoire consiste en la conscience de son impossibilité. Seule une cohabitation est possible. Je rentre chez moi. J'accepte de cohabiter avec mes monstres et j'ai le sourire d'un enfant qui a rechigné à mettre un vêtement qu'il trouve hideux et qui, à l'essayage, se trouve bien habillé et heureux malgré quelques frottements aux entournures. C'est pour cela que je reviens.

— Je sens de la culpabilité.

— Non, je ne parlerai pas de culpabilité. Peut-être un sentiment d'échec et l'impression d'avoir entraîné autrui dans une course que l'on ne peut faire que tout seul. Chercher une alliance pour combattre ses propres monstres, c'est amener l'autre à une perte inéluctable dans un combat qui n'est pas le sien. Je n'ai pas été assez présent. Je me rends compte de l'importance de manger, boire, rire et foutre matin, midi et soir.

— Les choses basiques en somme.

— Oui, c'est ce que prétend mon ami Joseph. Baise ta femme tous les jours, matin et soir. Tu n'auras jamais de problèmes.

— Ça marche dans les deux sens !

— Le plaisir des sens et le plaisir sécrétoire font partie du filtranisme. Filtranisme et sexualité sortent du même moule enjolivé par l'idée de la transgression et de la faute originelle. Honte et défi. Filtrons nos corps. C'est ce que nous nous disions au départ. Puis j'ai commencé à penser que l'union des corps était le degré zéro de la transcendance. Je suis devenu septico-sexuel.

— Il y a de quoi déprimer, en effet… »

Je ne dis pas à Laurence que je lui répondais d'un lit d'hôpital. Elle était une amie de téléphone. Je l'avais croisée vingt-trois ans auparavant dans un vol à destination de la Martinique. Nous avions sympathisé dans l'avion puis, sur place, aux Trois Îlets. Nous avions depuis entretenu une longue conversation épistolaire et téléphonique, irrégulière, étalée sur des années, au cours de laquelle nous échangions sur nos vies. Nous étions amis ectoplasmiques.

XXIII

Je suis né dans un pays en guerre. J'ai entendu le bruit et la fureur. Mes parents ont divorcé à ma naissance.

Ma mère était une femme très belle, libre comme on dit chez nous, et fière, qui n'avait pas longtemps supporté le succès invraisemblable de son mari, mon père, beau comme un dieu.

Mes parents n'étaient pas d'accord sur la date de ma conception. Mon père avait été incarcéré pendant un certain temps par le gouvernement sécessionniste katangais dans un camp dénommé Kleiber. Il y avait subi des supplices incroyables de la part de mercenaires belges, probablement d'anciens nazis.

Pour ne pas arranger les choses, j'étais noir, mais un peu clair, voire luisant, pour ne pas dire mauve. J'avais les cheveux crépus, mais lisses. Mon père entretint tout le temps à mon égard une suspicion narquoise. Il me surnommait tantôt l'Indien, tantôt l'Iroquois. Les soldats indopakistanais de l'ONU écumaient la région depuis un an.

Jamais il ne faillit à ses obligations. Ils étaient convenus que ma mère pourvoirait à nos études primaires et que lui prendrait la suite. Chacun tint ses engagements. Ceci explique que les dix premières années de ma vie se passèrent dans un total dénuement avant d'arriver sous l'autorité de mon père qui avait entretemps fait fortune et pour qui l'éducation de ses enfants était une priorité majeure.

Mes parents ont été excommuniés par l'Église catholique. Ma mère a longtemps brandi cette sanction comme un trophée. Cela ne l'empêcha pas d'être une bonne chrétienne qui vécut dans la crainte de Dieu jusqu'à son dernier jour.

Comme je ne pouvais pas en vouloir à mes parents, je gardai pour ma part une rancune tenace envers l'Église de Rome qui avait ainsi jeté l'opprobre sur eux.

Ils m'envoyèrent pourtant exclusivement dans des écoles catholiques : tout d'abord à l'école Saint-Michel, à Mbanza-Ngungu, puis au collège Notre-Dame de Mbansa-Mboma et enfin au collège Saint-Hadelin, à Visé, en Belgique.

À l'école gardienne, celle qu'on appelait à l'époque la zéro année, je volai un morceau de craie, ce qui me valut des coups de latte de la part de la maîtresse, fesses nues devant mes condisciples. Je n'en éprouvai aucune honte. Seulement le regret de n'avoir pas pu conserver l'objet convoité.

À sept ans, je subtilisai un livre. Nous étions assez pauvres pour ne pas pouvoir nous en offrir un. Les enfants de la ville, eux, avaient de jolis livres avec de belles images.

Un jour, je volai le livre de mon voisin, barrai son nom écrit à l'encre, et le recouvris d'un papier journal. Cet olibrius remarqua rapidement la perte de son livre et l'apparition chez moi d'un avatar masqué. Il m'arracha le livre, me désigna avec force gestes l'endroit où son nom avait été grossièrement barré et s'en alla crier à tout le monde que j'étais un fieffé voleur. Je n'éprouvai ni honte ni remords. Je ne comprenais pas comment cet idiot patenté, majestueux dernier de la classe qu'on m'avait collé comme voisin afin que je le tirasse vers le haut pouvait se plaindre ainsi plutôt que de louer les effets favorables de ma compagnie sur son imbécillité.

Mes autres souvenirs de l'école primaire étaient des souvenirs de bagarres et d'insultes. Les pires insultes faisaient souvent référence à un orifice investi.

Le « merde » de Cambronne résume une situation aux excréments. En swahili, on dira « mavi yaku », le principe consistant à associer un organe réputé honteux à la belle image maternelle. « Ton vagin ! » était une insulte de haut grade à l'adresse d'une femme, « mbolo aku » en swahili, « libolo na yo » » en lingala. « Ta mère ! », « N'gwaku », « Mama nayo », « mama yaku » en kikongo, lingala et swahili. « Vagin de ta mère ! » était la pire des insultes marquées par la désignation explicite de l'organe et de la personne.

Pourquoi tant d'injustice pour ce lieu ? Ce lieu que je tiens pour tellement mystérieux et tellement sacré que j'y aurais construit une cathédrale, me valut bien des déboires.

Il n'y avait pas d'insulte faisant référence au pipi. Exceptionnelles étaient celles adressées au père, comme si la figure patriarcale suscitait la crainte plus grande de représailles immédiates.

L'école primaire Saint-Michel de Mbanza-Ngungu était située dans la ville haute, en bordure du chemin de fer. Les salles de classe étaient des wagons réaménagés. L'ambiance était studieuse, mais belliqueuse. Il existait un code d'honneur qui faisait que chaque contentieux se terminait après l'école par une bagarre à la sortie.

Chaque fois que ma mère fut insultée, je demandai raison au condisciple en cause. Nous arrangions le duel sous forme d'un pugilat qu'on pourrait qualifier de nos jours de *freestyle*. J'ai le souvenir d'adversaires trop costauds et trop brutaux, et — je n'en avais aucune conscience alors — beaucoup plus vieux que moi, qui adoraient le *bidingue*, déformation en argot local de *beating*. Ils sont à l'origine chez moi d'une sainte horreur de la violence que j'ai toujours associée à la bêtise.

Quelle que fut la configuration, je me faisais systématiquement battre, même quand, après deux années d'entraînement, je demandais ma revanche à mon meilleur tortionnaire qui, dans l'entretemps, avait lui aussi doublé de volume. Pas de regret. Je n'ai jamais laissé un affront non lavé et les brutes se lassèrent d'elles-mêmes de me provoquer pour une joute dont l'issue était jouée d'avance.

Renfrogné et taciturne, méditant sur la bêtise, je les ignorai pendant tout le restant de l'école primaire. Devant mon gabarit de freluquet et mon avance scolaire, mes proportions physiques me donnaient une allure de moineau et semblaient inexorablement attirer l'attention des escogriffes les plus brutaux.

Nous étions parfois à peine assis que, déjà, je recevais un violent coup de poing dans le dos de la part de mon voisin de derrière à qui, prétendument, je barrais la vue. Je relevais les défis et subissais à chaque fois une avalanche de coups en bonne et due forme.

Dès lors, je me mis à la recherche de la compagnie des grandes gueules protectrices, de préférence les capos. Les capos étaient les élèves surveillants et délateurs officiellement désignés par le maître lors de ses absences pour prévenir les bavardages ou tout autre écart. Il était intéressant de constater que ces énergumènes regroupaient de manière presque maléfique les caractéristiques de chouchou du chef et d'une capacité de persécution des collègues.

C'était également eux qui récoltaient le « symbole ». Pour encourager les élèves à ne parler qu'en français dans l'enceinte de l'école, ce symbole était représenté par une grosse pièce que l'on remettait à tout élève surpris en train d'utiliser l'un ou l'autre idiome local. Celui qui le ramenait au début de la classe du lendemain recevait cinq coups de latte sur chaque main avant que l'horrible objet ne fût de nouveau mis en circulation. Ainsi s'écrivait la mort lente de nos langues maternelles, car c'est de là que beaucoup d'élèves conservèrent par habitude et par sécurité l'usage quasi exclusif du français.

Je recherchais donc assez facilement l'amitié des capos qui profitaient de mes qualités de bon élève — souvent sans l'avouer — et me protégeaient. J'eus donc tout le loisir d'observer toute mon enfance durant le profil de ces barbouzes... Je les retrouvais souvent sans foi ni loi, prêts à vendre père et mère, affichant facilement et parfois de manière excessive leur brutalité, tout en restant prudents à ne pas provoquer un élève dont ils auraient sous-estimé la force. Les capos, par une évaluation soigneuse de leurs adversaires, se gardaient bien de s'exposer à pareille déconvenue.

Le copieux passage à tabac d'un capo par un élève discret qui se rebiffait demeurait toujours une légende dont on parlait encore pendant des années.

Après les années de l'école primaire, je passai le reste de ma scolarité en pension.

L'exil et la solitude faisaient partie de ma trousse de naissance. Bien que pratiquant la religion avec une grande foi et une grande ténacité, je conservai ma rancune contre l'Église. Mes études de médecine à l'université de Liège et l'opposition bon enfant avec les catholiques de Louvain ne firent qu'accentuer mes sentiments anticléricaux.

Pendant toutes mes études, je trompai tout le monde par le dégagement d'une impression de force. J'ai toujours été très fragile. Mauvais en sport, surtout en ce qui concernait l'endurance. Je ne pouvais pas supporter une course trop prolongée sans que ma langue balayât le plancher. J'étais meilleur dans les sports plus statiques comme le ping-pong. Je fis aussi un peu de karaté et de boxe.

J'adorais la boxe et toute son histoire légendaire. Le genou à terre de Tunney face à Dempsey en 1929, le décompte jusqu'à huit qui lui permit de récupérer et de gagner aux points. « Ce n'est pas parce qu'on a un genou à terre qu'on est mort. ». Et les cordes de Mohammed Ali à Kinshasa : face à Georges Foreman, il s'était planqué dans les cordes pendant les sept premiers rounds, à encaisser les coups de massue qui, de l'avis général, allaient le tuer. Il sortit des cordes au huitième round et mit Georges KO. « Que toutes les générations futures de boxeurs s'en souviennent. Les cordes sont vos amies. »

Souvenir mémorable : le combat avait lieu à quatre heures du matin pour des raisons de retransmission aux États-Unis. Mon père faisait partie des privilégiés qui avaient un billet pour ce combat du siècle. Il s'endormit dans son fauteuil alors qu'il attendait l'heure du départ vers le stade et n'eut sa mise sauvée que grâce à un chat errant qui avait poussé sa porte et l'avait réveillé.

En première année de médecine, tous les étudiants avaient droit à une radiographie pulmonaire. La mienne montra des artères pulmonaires un peu grosses. Une échographie puis un cathétérisme cardiaque avaient montré un cœur qui fonctionnait normalement.

Je rencontrai ma femme en Belgique.

Je disais à mon psy qu'il n'y en avait que pour les hommes, mais que, peut-être, on sous-estimait l'appétit sexuel des femmes et qu'*a posteriori*, je me demandais si la jalousie incroyable et la frustration permanente dont la mienne m'avait gratifié n'étaient pas liées à une incomplétude sexuelle. Bref, qu'elle n'avait pas été assez foutue. Connaissant mon inappétence confinant à l'apathie en la matière, malgré quelques éruptions dignes de celles d'un volcan en sommeil, je suis quasiment certain maintenant que tous mes maux venaient du fait de ne pas m'être occupé de ma femme comme s'il n'y avait eu qu'elle au monde et de ne pas lui avoir assez rendu les hommages que je lui devais, encore une fois, de ne pas l'avoir assez foutue.

J'avais toujours pensé que la gravité ajoutait au talent, que l'austérité affinait la force de la pensée tout comme l'ascèse la rendait plus fluide jusqu'au jour où Juliette m'a dit « Eh ! Monsieur le philosophe ! Va donc te faire foutre ! » Il était déjà trop tard.

Juliette, je l'avais rencontrée au Rendez-vous des touristes, place du marché à Versailles. J'avais trouvé refuge dans l'appartement versaillais d'une amie qui avait déménagé à Bordeaux. Juliette faisait partie d'un groupe d'amis qui venaient s'envoyer des canons chez Braham le taulier.

Ce soir-là, je dégustais une Duvel en terrasse. Ils parlaient philosophie. Je tendis l'oreille. Il m'avait semblé entendre citer Marcel Baronche.

« Marcel Baronche, la sorte d'ermite retraité en Lozère. Je l'ai vu à la une de *Philosophie Magazine*. Spécialiste des présocratiques. »

Le groupe se tourna vers moi avec le fameux regard « Qui c'est celui-là ? D'où sort-il ? Et qu'est-ce qu'il veut ? » Par charité, l'ami ventripotent de Juliette m'affranchit. Baronche, c'était le grand-père de Juliette.

Me voilà parti à haranguer, à étaler mes connaissances sur Anaximandre, Héraclite… la rhéologie et…

« Nous, on veut du sexe. Allez ! Vous qui êtes carabin, chantez-nous une belle chanson qui nous parle de foutre et de braquemart ! »

Je dénigrai gentiment le sexe : Stéphane Mallarmé, la chair est triste et bla et bla et bla.

« Moi, je pense que les gens qui n'aiment pas baiser sont des handicapés, dit quelqu'un.

— Allez donc vous faire foutre, monsieur le philosophe. Vous m'emmerdez. Vous me faites chier ! renchérit Juliette. »

J'appris plus tard que je tombais là sur un groupuscule de jouisseurs anti-philosophes radicaux rassemblés autour de Juliette et qui avaient entre autres une profonde détestation de l'aïeul qui, aux dires de sa descendante, se doublait d'un horrible tyran familial. Rien à voir avec un cercle philosophique de haute tenue. J'eus l'impression d'un beau malentendu. La question que j'évoquais était celle de la cohabitation entre le sexe et la philosophie. J'avais dû apparaître à leurs yeux comme une espèce d'obsédé sexuel sans souci de réalisation, comme un pervers retenu ou à l'envers. Salut !

Je réalisai que les vrais filtranistes, c'était Juliette et ses amis. Il me revint aussi comme un flash l'image de Mehdi.

XXIV

Mehdi ! De la place de la République, je me dirigeai vers la rue du Faubourg-du-Temple, traversai le canal Saint-Martin par le pont tournant de la Grange-aux-Belles et longeai de l'autre côté le quai de Jemappes jusqu'à la passerelle Bichat. Je traversai de nouveau pour revenir par le quai de Valmy.

Il était dix-neuf heures. C'était l'heure où ce quartier se remplissait de noctambules se rendant au spectacle à l'Apollo Théâtre ou allant dîner à la Favela Chic, à moins que ce ne fût pour une partie de salsa au Rétro Dancing.

En bas de la passerelle, un jeune homme m'interpella :

« Avez-vous un ticket de métro usagé ?

— Pas du tout. Ni rien d'autre qui puisse servir à faire un joint. En revanche, tenez, j'adore offrir des livres. Celui-ci, je viens de le terminer, *Les syllogismes de l'amertume*, de Cioran. Mon interlocuteur prit le livre, l'examina comme on examinerait un rat mort en le tenant par la queue.

— Quoi ? C'est quoi ce livre ? Mais il pue votre livre. Je n'en veux pas ! Gardez-le ! Vous voulez que je me suicide ou quoi ? Je le rassurai. Il s'appelait Mehdi. Il avait été adopté par une grande famille bourgeoise de Versailles. La vie était idyllique et tout se passait bien avec ses sept frères et sœurs, jusqu'au décès accidentel de ses parents.

— Ils étaient très gentils, mes parents. Je les aimais beaucoup. Mais ils m'ont oublié dans leur testament. Alors, ça s'est mal passé avec mes frères et sœurs. Je suis à la rue depuis dix ans. Ça va, je me débrouille. Les philosophies du désespoir, très peu pour moi, elles ont failli avoir ma peau. Moi, je suis un peu mort à la mort de mes parents. Je vis une autre vie. »

Je ris nerveusement, me moquant tout doucement de Cioran, ce beau vendeur de la mort dont l'Alzheimer avait balayé tous les sombres projets.

Nous nous moquâmes tous les deux, tour à tour, de Cioran et de moi-même et de tous les rabat-joie. J'extirpai de ma poche un billet de cinquante euros et le lui glissai dans la pénombre.

« Notre conversation, c'est comme si j'avais lu tous les livres. Ça vaut plus que ça, mais comme vous faites la manche…

— Sérieux ! fit-il en écarquillant les yeux. C'est trois jours de manche, ça. Allez, venez ! Je vous paie un café. »

De nombreux philosophes du désespoir et du doute ont trempé leur bile dans les écrits de Nietzsche, mais Nietzsche n'a jamais parlé que de Dionysos et de vie, comme Juliette, comme Mehdi.

Ici, c'était comme si, au judo, une prise était suivie de son contre immédiat : ippon, contre ippon ou, comme, au football, un passement de jambes qui ferait s'ouvrir les jambes de l'adversaire et un petit pont qui mènerait à l'évidence selon laquelle, pour être heureux, il faut être heureux.

Avec Juliette puis avec Mehdi, je n'avais pas été à la fête.

Mais pourquoi bon sang ! me prenais-je autant la tête ?

« J'arrête le romantisme, me marmottai-je en quittant Mehdi. Je vais me mettre dans la vie en double file et en feux de détresse comme ces voitures que l'on voit au bois de Boulogne. »

XXV

Les rencontres de Juliette puis de Mehdi me firent beaucoup de bien. J'en avais plus qu'assez des philosophes et de leur camelote. À force de m'enfoncer dans la marée noire de mon chaos profond, mes ailes s'étaient engluées dans la mélasse et le goudron de mes pensées tragiques. Il n'y avait pas de place pour l'envol. Il ne restait plus que l'asphyxie ou le suicide. Depuis que ma trachée n'était plus qu'un tube de deux millimètres et que l'étouffement me guettait chaque seconde, je me rendais compte qu'il fallait me sourire tous les matins, chaque jour construire la joie, partir de rien plutôt que d'utiliser comme fondations les ossements des milliards d'humains qui m'ont précédé dans cette vaine quête.

L'agave fleurit quand elle est stressée. Elle sort sa hampe qui s'élève, droite comme un défi, puis meurt. Je fais comme elle. Puisque les heures sont comptées, je veux tous les jours fleurir, mais sans mourir. Je veux être solaire.

Philosopher, c'est accepter de souffrir sans renoncer à la joie. Le filtranisme était une philosophie de l'équilibre. Il ne fallait pas basculer du mauvais côté de la ligne de crête.

Il est des microséismes qu'on crée avec les meilleures intentions du monde comme lorsque je donnai cinquante euros à Mehdi alors que c'était ce qu'il avait l'habitude de mendier en trois ou quatre jours.

Richard Gere déguisé en sans-domicile fixe avait relaté une expérience similaire en donnant cent dollars à chaque sans-logis qu'il croisait.

Chez lui comme chez moi, l'enfer était pavé de bonnes intentions.

XXVI

Nous étions le vingt-deux décembre. J'avais quitté le service des soins intensifs pulmonaires pour aller dans une chambre normale double. Mon voisin, c'était monsieur Calodo.

Mes deux belles grandes filles, Lucie et Émilie avaient affronté la grève des transports pour venir au Kremlin-Bicêtre à vélo. Nous avions réquisitionné une petite salle de repos du personnel pour nous faire un repas de Noël.

Entrée : foie gras sur pain d'épices et blinis au saumon. Le Chablis qui l'accompagnait était tiède. « Je l'ai pris en chemin », avoua Lucie. Ensuite, cuisses de canard servies avec une purée de pommes de terre et de marrons. Le plat était bon. Vive Picard ! Je goûtais surtout la présence de mes filles.

De mon côté, j'avais l'impression que mon accaparement professionnel m'avait éloigné d'elles, mais ne pouvais imaginer que c'était à ce point. Un jour, Émilie m'avait dit : « Trop tard Papa, je suis déjà grande ! »

Je buvais comme un chaton affamé le lait et le miel de leur tendresse. J'avais la gorge sèche. J'avais l'impression de m'être depuis toujours condamné aux miettes et de m'en délecter.

Noël, c'était le vingt-cinq. Mes deux filles d'amour étaient venues aujourd'hui parce qu'elles savaient que le vingt-cinq, je serais seul.

C'était ma dernière nuit au Kremlin-Bicêtre. Je savais que je n'allais pas dormir. Laura l'infirmière s'étonna du fatras qu'il y avait sur mon lit. Les courriers de ma banque, les relances de ma caisse d'assurance, des fiches de paie, l'intégrale des œuvres de Nietzche.

« Mais où voulez-vous vous allonger pour une mesure de la tension ?

— Je ne dormirai pas. Je reprends le crépuscule des idoles, mon meilleur somnifère. »

XXVII

« Vous allez à la clinique La Collégiale, n'est-ce pas ?
— Mais pas du tout ! faillis-je m'étrangler. Je suis attendu aux Flamboyants, à Châtenay.
— Ah oui ! C'est vrai. »

L'ambulancier voisin vint taper la discute.
« Tu vas où ?
— Aux Flamboyants.
— J'ai déjà chargé. Samir fait les formalités de sortie et puis on y va. »

La clinique des Flamboyants était un bâtiment des années soixante-dix, bâti sur quatre étages et habillé de crépi orange. L'ambulance se gara sur le parking désert où trônait un érable solitaire. Je découvris les services de soins de suite et leur calme sinistre. Nous fûmes accueillis par une secrétaire brune aux joues bien rondes et très myope vu l'épaisseur des verres de ses lunettes. Elle arborait un sourire large, accentué par un rouge à lèvres vif.

« Ce sera au deuxième étage. C'est une chambre double. Si vous souhaitez la télévision, il faudra prendre un casque individuel, trois euros. Bonne installation ! »

Je découvris une faune de pensionnaires arc-boutés à la structure de soin. Certains étaient là depuis des mois pour une prise en charge de pathologies chroniques graves, d'autres ne savaient plus trop pourquoi. Le sentiment dominant était l'insécurité et la crainte. Tous venaient de traverser des épreuves difficiles. Soins de suite et réadaptation, l'acronyme SSR résumait tout. L'essentiel, se retaper, gagner quelques années pas loin des soignants. Le distributeur de café était le point de rencontre. C'est là que j'allais discuter avec les autres pensionnaires entre deux séances de rééducation.

Cyrille était là depuis quatre mois. Il me racontait une histoire d'hémorragie cérébrale, de coma pendant un an, sa mère adorée morte pendant qu'il était dans le coma, sa maison en Normandie. Il disait n'avoir aucune séquelle, avoir vécu avec la carte bleue de sa mère pendant un an, six mille euros, puis s'être retrouvé placé sous curatelle.

« Heureusement, parce que, comme ça, je ne m'occupe de rien. À soixante ans, on m'a dit que j'étais admissible en maison de retraite. » Cyrille a le regard fixe et le ton monocorde. C'est un grand Antillais taillé comme Popeye, mais avec de toutes fines jambes. Il me fait penser à Big Chief dans *Vol au-dessus d'un nid de coucou* et j'en arrive presque à regretter d'avoir entamé la conversation tellement il est inquiétant.

« Mais on vous fait quoi ici ?
— Rien de spécial. Vu mon antécédent, la maison de retraite m'adresse facilement aux urgences pour hospitalisa-

tion. La dernière fois, c'est parce que je n'avais pas bougé de la journée dans ma chambre.

— Ah bon ? Mais comment peuvent-ils le savoir ?
— Il y a des détecteurs de mouvements.
— Ah bon ? »

XXVIII

J'étais dans une chambre double avec monsieur Konaté, mon nouveau voisin, paraplégique. À la vérité, une nuit, blanche, me suffit pour inventorier les activités de monsieur Konaté. Il faisait sa prière, il pissait dans le pistolet ou faisait la grande commission. Tout ceci dans le désordre, mais on était toujours gagnant. J'entendais au-delà de la cloison qui séparait nos deux lits le bruit de son désodoriseur qu'il manipulait de manière continue pour masquer l'odeur. De temps en temps, un alignement de pets secs et précis.

Je me mettais à penser qu'il était sûrement fils de tirailleur. Bon sang ne saurait mentir ! Nouvelle pétarade tonitruante suivie d'une réplique plus faible. Je soupçonnais la clinique d'avoir fait de monsieur Konaté le patient repoussoir en chambre double pour faire la promotion des chambres seules.

L'écran de télévision affichait en boucle : « supplément chambre solo quatre-vingts euros ; chambre solo premium plus frigo quatre-vingt-dix euros ».

Monsieur Konaté était maintenant en train de psalmodier de mystérieuses prières d'une voix gutturale ponctuée d'Allahou akhbar.

« Considérez que vous êtes seul, m'avait-il lancé comme phrase d'accueil.

— Mais non, je suis avec vous, avais-je protesté.

— Ce n'est pas ça que je veux dire. Enfin, vous me comprenez. Nous sommes tous ici pour des problèmes. Avec des objectifs. Pour moi, c'est marcher avec une béquille. Pour vous, je ne sais pas. Ce n'est pas l'hôtel, ici. On peut se supporter mutuellement.

— Moi, je viens pour rééduquer ma respiration. J'ai un appareil qui s'appelle une VNI. Je peux en avoir besoin à tout moment du jour et de la nuit et ça fait un peu de bruit.

— Ne vous inquiétez pas pour ça. Moi-même, je me lève à cinq heures pour faire mes ablutions et ma prière et ne soyez pas surpris si à cette heure-là je ne réponds pas à une de vos questions.

— Je n'en aurai sûrement pas à vous poser. »

L'infirmier entra à ce moment et se mêla à la conversation.

« D'où êtes-vous au Mali ?

— De Kayes.

— Ah ! comme ma femme. Il s'appelait Kevin et était français converti à l'Islam. On se croisera peut-être un jour là-bas.

— Allez-vous à la mosquée ?

« — Non, je préfère prier chez moi. Quand on est converti, on croise toujours des gens bizarres qui viennent vous mettre de mauvaises idées dans la tête.

— C'est ça ! C'est ça ! je vois, je vois, dit monsieur Konaté. Puis, se tournant vers moi :

— Quarante-trois ans de service à la ville de Montrouge, Monsieur, et pas un seul arrêt maladie. J'ai payé toutes mes cotisations et là, ils sont en train de me virer comme un malpropre.

— Ça fait combien de temps que vous êtes hospitalisé ?

— Deux mois.

— Et votre famille ne vous manque pas ?

— Si, mes enfants, mes petits-enfants, et mon chat. Mais moi, je voulais sortir d'ici en ne marchant qu'avec une seule béquille. Là, j'en ai toujours deux. Avez-vous vu comme ce docteur m'a mal parlé ?

— Vous ne pouvez pas les faire près de chez vous, ces séances ?

— Non, les kinés ne se déplacent pas à domicile. Et en plus, ce n'est que pour deux séances par semaine. Ils ont déjà commandé un taxi pour dix heures trente, pour être sûrs que je déguerpisse. J'espère que c'est un taxi conventionné, parce que, de toutes les façons, je n'ai pas le premier sou à avancer. J'ai quand même payé toutes mes cotisations pendant quarante-trois ans, alors ! Il ne faut pas exagérer. »

Monsieur Konaté était un voisin agréable pendant la journée. Il me raconta l'histoire de sa paraplégie. À la suite d'une chute d'un échafaudage quinze ans plus tôt, il avait été opéré par son orthopédiste qui lui avait mis une plaque métallique au niveau de la colonne vertébrale. Au bout de dix ans, à la suite d'une visite de routine, son orthopédiste avait décidé de changer la plaque, ce qui avait provoqué les suites actuelles.

« C'est un bon orthopédiste. Il m'avait déjà opéré du genou. Depuis lors, je suis paralysé et j'ai mis un an avant de remarcher avec des béquilles. Mon objectif maintenant, c'est de marcher avec une seule béquille, mais les médecins ne semblent pas le comprendre. »

L'autre sujet d'intérêt de monsieur Konaté était la géopolitique africaine : « L'Afrique subsaharienne est actuellement sous l'occupation économique et militaire de la France pour le Sahel, de bandes armées islamiques maffieuses au Cameroun, au Nigéria, au Soudan et en Centrafrique, par des groupes miniers et leurs milices armées dans la région des Grands Lacs, par des pirates shebab, tantôt en mer, tantôt sur terre, au niveau de la corne de l'Afrique… »

Monsieur Konaté était inarrêtable sur le sujet et, comme beaucoup de travailleurs immigrés de sa génération, portait sur les élites dirigeantes africaines un jugement d'une sévérité implacable.

Je répliquai à monsieur Konaté que la sévérité des immigrés africains vis-à-vis de leurs gouvernements, souvent plus grande que celles des Français eux-mêmes, ne changeait rien à la donne. Au contraire, les dirigeants africains avaient beau jeu de les traiter de nègres blancs ou de déserteurs.

Cette position des immigrés, le cul entre deux chaises, était très inconfortable et amenait une partie de cette diaspora à observer un silence d'autant plus prudent que le régime décrié souvent bien ramifié en France était féroce et pouvait menacer leurs familles sur place.

Lorsqu'ils séjournaient dans leur pays, l'accueil sur place était chaleureux les premiers jours, le temps de déballer les cadeaux, puis devenait indifférent tellement la lutte pour la survie accaparait une bonne partie de la population. Bref, les immigrés emmerdaient tout le monde, en France et dans leur pays d'origine.

« Le Noir est mauvais. Regardez ces dirigeants qui maltraitent leur population et ne pensent qu'à se remplir les poches », pontifia monsieur Konaté.

Je me dis que rien n'avait changé depuis Frantz Fanon. La peau noire reste certes un joli costume, mais constitue surtout une mauvaise camisole. Ça dépend comment on la porte. Les personnes qui se laissent aller à attribuer tous leurs maux à la couleur de leur peau font un mauvais commerce dans lequel les pertes s'accumulent, de l'estime de soi, de l'allant, de l'élan vital lui-même.

Monsieur Konaté recevait de très nombreuses visites. La moitié de la conversation entre Maliens consiste en des salutations, j'exagère à peine, un peu. Monsieur Konaté était de Kayes comme mon coiffeur, Cheikh, qui officiait au foyer des mariniers dans le quatorzième. Cheikh était mort, le roi était mort. La grande faucheuse s'était immiscée dans la partie. Ce n'était pas un jeu d'échecs, c'était la roue de la vie. « Les docteurs ont dit que ce n'était pas une maladie pour l'Europe. Que c'était une maladie pour l'Afrique. »

Alors il était rentré à Kayes. « Là-bas, on me soignera mieux. » Cheikh était mort. Il m'avait dit qu'il allait s'absenter un peu, six ou douze mois. Les docteurs disaient qu'en Afrique, on le soignerait mieux. Un jour, j'avais été accueilli par Mamadou « votre nouveau coiffeur. Ne soyez pas triste, Monsieur. La roue de la vie tourne. Les coiffeurs aussi. » Échec et mat. C'était la fin de la partie pour Cheikh.

Je racontais l'histoire de Cheikh à monsieur Konaté et comment les médecins lui avaient fait garder un espoir fou de guérison alors qu'il était probablement condamné.

XXIX

Le lendemain, à ma grande stupéfaction, j'étais sur la liste d'attente pour la rééducation respiratoire. Comment pouvait-on être sur liste d'attente après tout ce que je venais de vivre ? Je protestai. Sans résultat. Le pire restait à venir. Après quelques exercices d'échauffement, le rééducateur mit en route le tapis de marche.

Dès la première accélération, j'eus un violent spasme respiratoire comme je n'en avais plus eu depuis plus de vingt jours. L'équipe des Flamboyants jugea qu'elle n'était pas suffisamment équipée pour gérer ma situation.

À cela s'ajouta une aggravation de mon arythmie cardiaque qui compromettait le fonctionnement du cœur.

Lorsque la pneumologue des Flamboyants évoqua la trachéotomie, j'arrêtai de maugréer et de protester contre mon transfert. Je me dis que je n'étais pas sorti de l'auberge. De plus, j'appris qu'elle était la meilleure amie de Cécile, épouse de Bernard, un de mes amis du basket, elle-même pneumologue, celle qui m'avait prêté la shungite.

Ceci ne changea en rien la décision de me transférer. Je pense même qu'elle la renforça. Quitte à ce qu'un confrère et ami vint à s'asphyxier mortellement durant la nuit de la Saint-Sylvestre par suite d'une maladie orpheline qu'on ne rencontre qu'une fois dans sa carrière, autant que cela fût dans l'hôpital le mieux équipé pour la cause et pas dans un centre de rééducation de la proche banlieue.

Le docteur Naquet, pneumologue à la clinique des Flamboyants, donna toutes ses instructions sans plus jamais me regarder et quitta la pièce dès qu'elle fut sûre que je ne resterais pas dans les murs. Je la cherchais du regard. Je la détestais.

XXX

Dans la nuit de la Saint-Sylvestre, je fus de nouveau transféré au Kremlin-Bicêtre. Le champagne ne coula pas à flots, mais au niveau des larmes, les vannes de la déception furent ouvertes. Je pleurai tout mon saoul, à faire déborder la Seine. Je pleurai toutes les larmes que j'avais retenues dans mon existence. Je n'en finissais pas de pleurer, et aujourd'hui encore, j'ai toujours une larme prête au coin de l'œil. Cette fois-là, je me rendis compte que je ne surjouais pas, que j'étais vraiment en sursis et que, désormais, je ne serais jamais à l'abri d'une crise fatale, que je devais agir en conséquence et que ma VNI ne devait plus me quitter.

De nouveau, Le Kremlin-Bicêtre, alias KB. Vous conviendrez que la tournure des événements pouvait justifier que j'appelasse cet établissement par ses initiales. Non seulement je m'asphyxiais, mais en plus je commençais à souffrir d'une insuffisance cardiaque liée à une fibrillation auriculaire qui propulsait le rythme de mon cœur à cent soixante battements par minute… On me plaça sous traitements cardiaques. L'alarme avait une tonalité métallique : tang ! tong ! teng ! Toutes les quatre minutes, elle sonnait. J'essayais de faire de l'haptonomie. Je réglais ma respiration sur quatre cycles toutes les quinze secondes. Ça faisait seize cycles respiratoires à la minute. Au bout de quatre minutes, l'alarme sonnait, tang ! tong ! teng ! Je tins une heure ainsi à écouter ma respiration et l'alarme.

N'y tenant plus, je sonnai à mon tour. Une aide-soignante se présenta.

« Vous avez sonné, Monsieur ?

— Oui, j'ai reçu un médicament pour faire baisser le rythme cardiaque, mais là, c'est comme s'il ne s'était rien passé.

— Moi, je pense que c'est nowmal quand ça sonne. Il n'y pas de pwoblème, mais je vous envoie l'infiwmièwe, dit-elle en élidant les *r* pour les remplacer par des *w*. »

L'infirmière me dit : « Écoutez, Monsieur, arrêtez d'avoir l'œil à tout. Votre digoxine, vous l'avez eue. Pour que l'alarme ne sonne plus, il faudrait la régler sur un seuil très haut. En gros, si l'alarme ne sonnait qu'à deux cents battements par minute, vous auriez plus de chance d'être mort à notre arrivée. Alors, cent cinquante battements par minute, c'est sans doute encore trop haut, mais c'est un bon compromis pour ajuster le traitement. »

Comme celui-ci ne semblait pas agir rapidement, je me préparais à avoir pour compagne une alarme couineuse. Comme disait l'infirmière, il fallait faire avec.

J'avais fait une sorte d'insuffisance cardiaque liée à mon trouble du rythme. On m'avait donné plein de médicaments. J'avais uriné dix-neuf litres et perdu quatorze kilos en trois jours. Je n'en revenais pas. Moi qui pensais être revenu à mon poids de départ ! Ce n'était que de l'œdème. J'avais bien remarqué que mes chevilles étaient gonflées, mais je me disais que c'était l'insuffisance veineuse. Rien ne pouvait me faire penser qu'en plus d'être bronchopathe, j'étais devenu cardiaque ! En fait, si ! Les œdèmes !

Je séjournai vingt jours au Kremlin-Bicêtre. J'allai mieux. Je pus même montrer au personnel quelques pas de base de salsa qui furent malheureusement interrompus par un début de bronchospasme. Je fus transféré le vingt-trois janvier dans un centre de rééducation de la Fondation Cognacq-Jay.

XXXI

Le plus frappant dans cette partie du Val-de-Marne quand on y venait par la nationale, c'était le paysage plat des champs à perte de vue. On devait cultiver là de la betterave, du tournesol ou peut-être du blé.

L'hôpital Forcilles appartenait à une fondation dédiée à la revalidation des patients présentant des maladies chroniques. Il surgissait, telle une oasis blanche au milieu d'un désert vert, au détour d'un virage après qu'on eut franchi un énorme portail d'entrée.

Deux immeubles de quatre et deux étages se faisaient face. Il y avait beaucoup de terrain, peut-être cinq hectares, une roseraie, un étang. Les constructions d'origine dataient du début du vingtième siècle. L'endroit servait de lieu de convalescence pour de riches clients d'un groupe de chirurgiens. Ces derniers avaient aménagé le lieu en conséquence. Par le passé, il avait dû exister ici une vraie forêt, dont il subsistait encore de nombreux érables, pins parasols, châtaigniers et des chênes majestueux.

Un gros effort semblait porté sur les extérieurs avec l'aménagement de promenades. Le mélange de l'ancien et du neuf donnait à l'ensemble un aspect hors du temps, renforcé par la présence, près de la grille, d'un manoir sur le toit duquel une chouette en pierre, emmitouflée dans sa redingote d'ailes scrutait avec ferveur les horizons. Tout était fait pour encourager les pensionnaires à profiter de la nature et du grand air, un peu comme les poules de Bresse.

À droite de l'entrée se situait un bureau de réception ; à gauche, une petite boutique, puis le distributeur de boissons. J'arrivai à Forcilles en même temps que déferlait sur l'Europe une affection étrange venue de Chine et qui semblait susciter de grandes craintes. La Chine venait de confiner des millions de personnes à cause de cette nouvelle maladie qui allait être dénommée la covid 19.

Ici aussi, les réunions autour de la machine à café étaient la seule occasion d'échanges entre les patients. La compagnie était ostensiblement recherchée. Les patients se racontaient leurs histoires. On avait l'impression d'un petit naufrage où chacun s'accrochait à la bouée de sauvetage du voisin. Les préoccupations financières étaient souvent mêlées aux commentaires sur la santé. On additionnait les aides personnalisées au logement, l'indemnité de vie autonome, l'allocation adulte handicapé, l'indemnité de transport…

Je discutais avec Yves. Il avait commencé à travailler à quatorze ans à Rungis pour une société de nettoyage de tags. Les produits utilisés s'étaient révélés toxiques pour ses deux poumons. Pendant huit ans, il avait reçu de l'oxygène à raison de six litres par jour et était en cours de sevrage. Il me confia avoir perçu sept millions de francs d'indemnisation. Il était célibataire à cause de ses sautes d'humeur elles-mêmes liées au bruit infernal du concentrateur d'oxygène. Il avait l'impression d'une double peine du fait de son isolement social.

« Ils m'ont mis en handicap jusqu'à 2028. J'ai vachement de chance. Le département prend tout en charge. Je vais pouvoir me débarrasser de mon concentrateur qui dégage une chaleur incroyable en plus de faire un bruit terrible. »

Yves me raconta aussi qu'une bonne partie de son argent avait été engloutie dans un système de vente pyramidale. Il s'agissait d'une organisation quasi sectaire. Son enthousiasme du début avait cédé la place à la suspicion d'abord et à la rétractation ensuite. Ce qui lui valut les insultes et les menaces des organisateurs, lesquels étaient quand même parvenus à lui vendre une grande quantité de choses inutiles.

L'inconstance est la fabrique de nombreuses inimitiés et l'on aurait pu affirmer, dans le cas d'Yves, qu'il eût pu paraître pour le moins inconstant, voire pusillanime aux yeux de ses partenaires véreux.

À partir de la fin janvier jusqu'à la mi-février, les discussions tournèrent beaucoup autour du marché de Wuhan. Entre la chauve-souris et le pangolin, les polémiques allaient bon train, sans compter les tenants de la théorie d'un virus qui se serait échappé d'un laboratoire de cette ville.

Nous n'eûmes pas beaucoup le loisir de poursuivre ces discussions étant donné que, devant l'ampleur du problème, les trois-quarts de l'hôpital furent dédiés au traitement des conséquences de ce virus. De notre côté, nous étions désormais confinés à notre étage de la même façon que le reste du pays allait l'être à domicile dès la mi-mars.

Encore un jour de passé. J'avais beaucoup de mal à respirer. Le kiné me récusa, car il me trouvait trop instable, et pourtant, je n'étais venu dans cet hôpital que pour la rééducation.

J'essayais de faire en sorte que, chaque jour, les choses aient un sens, et de donner un sens à chaque jour. Ce n'était pas facile.

Ce jour-là, j'avais une consultation d'ophtalmologie à Pontault-Combault. J'avais toujours su qu'un jour j'irais à Pontault-Combault. Il y a des villes dont on entend le nom et dont on sait qu'on s'y rendra un jour, un peu comme Torremolinos ou Valparaiso.

Irina vint me rendre visite. Je ne lui proposai pas de spéculoos dont j'avais une boîte et auxquels je trouvais une connotation sexuelle trop évidente. Battais-je la breloque ?

Je reçus un message d'Isabelle :

Comment allez-vous ? Le cœur ? Les poumons ? Arrivez-vous à vous consacrer un peu à l'écriture ? De mon côté, j'entame mon dernier mois de travail avant trois mois de repos. Je suis très fatiguée. Horaires intenses. Un peu de lassitude. Grande chance d'avoir un travail vu le contexte. Ça va aller maintenant. Ne vous mettez aucune pression. Soyez un bon patient. Notre projet a le temps. En ce moment, ça polémique sur les salles de spectacle. Pendant que vous vous rétablissez, laissons-les s'agiter. Y en a pour un bout de temps ! On le fera ! Je vous l'ai dit. Vous avez consacré votre vie à donner la vie. La

vie n'est pas méchante. À votre tour de recevoir votre part tout en transmettant. Vous avez beaucoup à transmettre. Prenez des notes si vous pouvez. Sinon, c'est inscrit de toute façon. La gestation est en cours. Elle aura raison sur le reste !
Je vous embrasse,
Isabelle.

Ma réponse résumait mon état d'esprit du moment :

Je suis dans un processus de retour, non pas à mon état antérieur, mais au meilleur état actuel possible. Mon internement médical se termine d'ici deux semaines. J'espère fermement pouvoir sortir, car la rareté et la gravité du cas rendent mes confrères très prudents alors que je vais beaucoup mieux. Il faut que je sorte. L'ambiance devient clinico-carcérale.

Les visites furent interdites. Le cadre champêtre dont nous bénéficions atténuait l'impression d'enfermement. Monsieur Cognacq et madame Jay, les propriétaires du magasin La Samaritaine, avaient acquis ce domaine au début du vingtième siècle pour y installer une fondation chargée de venir en aide aux jeunes filles.

Ma longue maladie, la difficulté du diagnostic et l'intervention chirurgicale expliquaient amplement le long séjour et la nécessité d'une rééducation.

J'allais mieux. La convalescence posait ses propres problèmes. Personne ne connaissant vraiment ma maladie, personne ne prenait d'initiative risquée.

Situation du moment : le kinésithérapeute avait pour consigne de stopper la rééducation à la moindre anomalie. Or, sur le vélo ergométrique, j'avais de temps en temps des pics de tachycardie à cent trente battements par minute. On demanda un holter cardiaque pour valider la poursuite sans risque de la rééducation.

À ce rythme, personne ne me laisserait sortir. Bien que j'assumasse le risque de mourir asphyxié du fait de ma maladie, la rééducation fut interrompue et je ne pouvais sortir que contre avis médical.

À l'extérieur, la covid 19 m'attendait, prête à fondre sur moi et me tuer en une seconde. L'ensemble de mes pathologies faisait de moi un patient à risque. J'étais pris en otage à l'hôpital parce qu'on me disait que le danger était dehors.

Toutes les trois semaines, j'étais transféré de Forcilles au Kremlin-Bicêtre pour une chimiothérapie. On me donnait mon petit-déjeuner à cinq heures quarante-cinq. Un taxi venait me chercher à six heures. J'arrivais dans le service à l'ouverture. On me prenait les constantes et l'on me prélevait plusieurs tubes de sang. J'étais de très mauvaise humeur. J'avais l'impression qu'on m'en demandait trop.

Vers dix heures, le docteur Dasaive passa en coup de vent. « On peut lui faire son bolus d'Endoxan, entendis-je de loin. Je le verrai plus tard. » Mais c'est qu'il était en train de faire le ponte ! Patient ou confrère ? Dans les deux cas, un petit bonjour en arrivant, ça n'aurait arraché un œil à personne. Je ferai très attention à cela quand je serai de nouveau docteur. J'étais comme cet enfant qui, chez le psy, ne se souvient que de la fois où sa maman n'est pas venue le chercher à l'école et qui oublie toutes les fois où elle était là. Apparemment, nous n'étions plus dans l'excitation d'un diagnostic rare. Maladie orpheline chronique. Rien d'excitant ce jour-là. Plus j'en avais ras le bol, plus j'avais besoin d'être traité comme un prince, plus j'étais le plouc de service qu'on faisait venir aux aurores.

À midi, ma perfusion était terminée. On m'a proposé un plateau-repas. Je me demandai quand je verrai le docteur.

Une jeune interne vint me faire patienter. Le docteur Dasaive avait été appelé en maternité pour le cas grave d'une patiente souffrant d'une hypertension artérielle pulmonaire et qui allait subir une césarienne à trente-quatre semaines. Il allait falloir patienter.

« Mon Dieu ! me dis-je. J'imagine cette situation obstétrico-médicale tellement complexe à prendre en charge ! » Ce que nous appelons en obstétrique des conflits d'intérêts obstétrico-pédiatriques, lorsque la cohabitation entre la mère et l'enfant met en danger l'une ou l'autre des deux parties et qu'une gestion multidisciplinaire est obligatoire. Je comprenais mieux la suroccupation et la préoccupation du docteur Dasaive. Forcément, en tant qu'obstétricien, je ne pouvais qu'être sensible à la cause de son retard.

Je discutai un peu avec l'interne, Céline. Elle était belle et souriante, avec de jolis yeux gris-vert et une belle chevelure qui avait la couleur des feuilles d'érable en septembre.

« Êtes-vous canadienne ?

— Non, je suis belge.

— Flamande ou wallonne ?

— Wallonne.

— Ah ! Je me disais que vous aviez une espèce de mélange de pragmatisme flamand et de bonhomie wallonne.

— Oui ! Ma mère est wallonne. »

Le docteur Dasaive vint me voir à treize heures. Il prit tout son temps pour m'expliquer l'état actuel de ma santé. Nous allions poursuivre le cyclophosphamide et, de toutes les façons, il y avait encore de la marge en cas d'échec.

Il remplit méticuleusement le formulaire pour la demande auprès de l'AMDPH, l'association de maintien à domicile des personnes handicapées, me fit mes prescriptions et fut d'une grande douceur pendant toute la consultation. Je l'avais eu jadis comme stagiaire alors qu'il était étudiant. Cela augmentait-il le stress de la prise en charge ? Je me posai la question sans m'en ouvrir à lui. J'étais beaucoup plus impressionné par le fait de devoir désormais être compté parmi les personnes porteuses d'un handicap.

Je demandai un bon de transport à l'infirmière.

« Voici votre bon de transport. Normalement, c'est l'hôpital qui vous a adressé qui aurait dû le produire. J'ai fait une demande d'aller-retour et s'il se fait payer deux fois, on s'en fout. Ils sont tellement au taquet pour nos chimiothérapies, les taxis. On leur doit bien ça ! »

XXXII

Tous les matins, c'était le même rituel. Un grattement à la porte qui s'entrebâillait ensuite pour vous annoncer le menu du jour, à quelle sauce vous alliez être mangé. Une infirmière dégingandée porteuse de grosses lunettes de myope se tenait dans l'embrasure.

« Aujourd'hui, vous avez une analyse des gaz du sang. Le médecin souhaite que ce soit fait sous six litres d'oxygène.

— Il doit y avoir erreur. Je ne suis pas sous oxygène. »

L'infirmière relut le papier qu'elle tenait en main. Il était six heures. « Ah zut ! en effet. C'est la chambre d'à côté. »

Les jours passaient ainsi. Chacun agonisait à son rythme. Personne n'avait plus de mérite.

À sept heures, l'aide-soignante venait prendre le pouls, la tension et la température.

« Avez-vous passé une bonne nuit ? Avez-vous mal quelque part ? Avez-vous un bon transit ?

— Oui. Non. Oui.

— L'infirmière va passer vous donner vos médicaments. Ensuite, vous aurez votre petit-déjeuner. »

Les maladresses et les imperfections de l'hôpital étaient noyées dans tellement d'amour et d'abnégation que cela n'était pas possible, qu'on ne pouvait qu'être submergé par l'admiration et la reconnaissance et on était encore plus patient parce que, somme toute, le temps que prenaient les choses pour être faites, c'était du temps d'humanité.

On réfléchissait. On s'interrogeait. On échangeait avec le voisin, avec l'aide-soignante, avec l'infirmière, avec le médecin. On était le passager d'un très gros bateau pas toujours très rassurant, mais on était ensemble.

Huit heures. WhatsApp avec Sidonie qui m'appelait.

« As-tu vu quelle belle journée nous avons ? Je suis inondée de soleil. »

Je soulevai les stores de ma chambre pour avoir la confirmation d'un soleil éclatant que nous envoyait je ne sais quel anticyclone. Sur le toit du manoir se tenait droite la chouette qui continuait à fixer un point au loin.

« C'est une journée de ouf. Putain ! je suis deg. J'ai calculé le trajet jusque chez toi. J'en suis déjà à trois heures en transports et trente-six minutes si j'avais une voiture. Il faut que je m'achète une bagnole. »

Sidonie avait déjà attaqué son premier pétard de la journée. Je la voyais en gros plan de WhatsApp tirer des bouffées nerveuses.

« En fait, tu as replongé dans tout. Alcool, drogue…

— Ah ouais, grave. Il faut vraiment que j'arrête. Ou que j'alterne les poisons. Je vais boire moins de bière et fumer plus de pétard. Ha ! Ha !

— Ça ne t'empêche pas de dormir ?

— Non ! J'ai dormi comme un bébé avec ma petite chatte, Compote. Elle est toute mimi. Elle est tout le temps avec moi. Je suis un peu sa maman. Je te joue un morceau ? »

Sidonie se mit au piano et joua. Une larme de Moussorgski. Elle était tellement belle, et sereine et fragile, comme en lévitation. Les notes s'envolaient dans WhatsApp et arrivaient jusqu'à moi avec une émotion intacte.

Sidonie me joua encore la sonate n° 4 opus 28 de Chopin : magnifique. Elle était très douée, une vraie artiste, avec un petit dérangement quelque part.

Elle travaillait pour le moment sa mosaïque en triptyque. L'exposition était prévue pour début mai à la MJC de Limoges.

« Tu viendras ? »

XXXIII

Tous les mercredis, les pensionnaires bénéficiaient des services du podologue de la ville d'à côté. Je m'étais offert cette coquetterie moyennant trente euros.

La podologue était une grande dame énergique aux épaules et à la coupe carrées. J'imaginais qu'elle pouvait s'appeler Greta ou Sophie et être alsacienne. Elle pouvait aussi s'appeler Inge ou Umma et être norvégienne, mais c'était encore moins probable.

« Ils sont bien abîmés, vos pieds ! Une sacrée mycose, dirait-on ! » dit-elle d'emblée en installant sa trousse.
— Aucun de mes orteils n'a été épargné par les cailloux. »

Je suis né en Afrique et *sakuba* résonnait dans ma tête. C'est le terme utilisé au Congo pour décrire le faux pas qui, très souvent après un choc contre un caillou, laissait un ongle complètement décollé, au milieu des hurlements de douleur de l'infortuné va-nu-pieds que j'étais alors. Les bains de pieds de solution de permanganate de potassium permirent de garder les dix orteils, mais dans quel état ?

Mes pieds défigurés me procuraient l'avantage de ne jamais oublier d'où je venais ni qui j'étais. Il suffisait que je les regarde pour ne pas me mentir. Et lorsque parfois, dans des réunions scientifiques, par méprise, admiration déplacée ou flagornerie, quelque péquin m'affublait d'un titre, maître, professeur ou autre, je revenais à n'être comme Foucault que le maître de mes mots. Et professeur, je ne l'étais que de mes deux pieds. Je dis à l'un « avance ! » et à l'autre « suis ! ». Et aux deux, « debout ! ».

La podologue avait fini. Mes pieds ressemblaient à quelque chose. Elle avait coupé tout ce qui dépassait. Je n'avais plus d'ongles. Eh oui ! Je pouvais dire que mes orteils racornis et meurtris me rappelaient que les valeurs étaient générées par notre passé lointain. Elles ne nous étaient pas imposées. Je ne croyais pas en la transmission. Elles naissaient d'une expérience physique, sensorielle, psychique, puis de tout ce que nous créons par notre propre homéostasie.

L'idiosyncrasie précédait l'homéostasie, et en cela, se répandait dans tous les compartiments du corps et de la mémoire.

Depuis, on sait que la mémoire a un support sous forme d'une protéine transconformationnelle, un peu comme un prion dont chaque nouvelle forme serait un souvenir. Il me plaisait de savoir que les valeurs n'étaient que de grosses protéines dans notre cerveau.

« Au revoir, me dit la podologue. »

XXXIV

La chaîne franco-allemande Arte diffusait une émission dans laquelle Edgar Morin parlait de lui-même. Il avait une belle tête de jouisseur sur le retour. « Pour moi, l'éthique, c'est résister à la cruauté du monde et ça nécessite compassion et compréhension, disait-il. » Lorsqu'on me parlait d'éthique, j'ouvrais de grands yeux comme une chouette qui a tout compris. Et pourtant, je ne comprenais pas tout.

Ce ne serait qu'en me laissant traverser par l'humanité tout entière que j'y arriverai.

Je me demandais ce qui se passait ici. Ce n'était pas un roman, ce n'était pas une belle histoire, ce n'était pas non plus un scénario pour un spectacle avec Isabelle Nanty. Ce n'était pas une autofiction. Ce n'était pas une docufiction non plus. Non, ce n'était pas un rêve non plus. C'était juste ma vie.

Elle se déroulait comme celle d'un gros iguane désœuvré et s'écrivait au fur et à mesure comme un conte. Isabelle Nanty était celle devant qui j'avais battu les bras en moulinette avant de disparaître des radars. Maintenant, je m'accrochais à elle comme à une étoile du Nord. J'étais un pont fragile suspendu au-dessus du néant. Mes mains étaient posées sur son dos.

Le téléphone de ma chambre sonna.
« Qui peut donc m'appeler ? me dis-je.
— Vous avez un holter à midi, me répondit une petite voix fluette.
— Mais il est midi...
— Pouvez-vous venir ? Savez-vous où c'est ?
— Je trouverai. »

Le système fonctionnait parce que le patient était le dernier verrou et parce qu'il était de plus en plus sollicité.

Ici, j'aurais pu protester de ne pas être au courant. L'examen avait été prescrit quinze jours auparavant. En faisant sa visite le matin, l'infirmier avait omis de signaler l'examen du jour. Il n'avait pas ouvert un sous-document de son logiciel intitulé *agenda*. Le service sollicité ne voyant pas le patient venir appelait celui-ci directement dans sa chambre.

Dans l'ascenseur, un monsieur traînant une grosse machine « Steralliance » de bionettoyage du sol — on dit maintenant « un technicien de surface » —, voyant mon tee-shirt léger, me conseilla de ne pas aller dehors pour ne pas risquer de prendre froid et aggraver ma situation pulmonaire. Il avait un petit sourire bienveillant. Je le remerciai. Le confinement, surtout quand il est associé à une petite communauté de destin, appelle souvent la sollicitude. Comme si l'humanité avait besoin pour s'exprimer d'avoir toujours sur elle-même le souffle de sa propre précarité. Que n'en aurait-il pu être toujours ainsi !

XXXV

Ce matin-là, je me levai à six heures avec une petite érection. Non, ce n'était pas le lever de drapeau matinal de mon adolescence, mais un frémissement, comme un hôte qu'on aurait oublié dans une chambre et qui gratterait à la porte.

Depuis six mois, mon sexe s'était carrément mis en berne. J'avais déjà noté une flagrante baisse de libido et une faiblesse érectile dans les suites de ma séparation. J'avais même effectué des recherches qui m'avaient amené sur Google au syndrome post-rupture, dans lequel j'étais enfoncé jusqu'au menton. Pour moi qui n'étais déjà plus trop porté sur la chose, la maladie fut la pichenette qui m'envoya dans les champs arides de l'inactivité sexuelle totale.

J'en parlais un peu à la psychologue du service.
« Vous pensez bien que votre corps est confronté à beaucoup de choses actuellement et que ce n'est sûrement pas la priorité. Mais il n'y a aucune raison pour que ça ne revienne pas. »

Était-ce la philosophie qui me rendait à un tel état de flaccidité ? Le corps se vengeait-il du cerveau ? Ou était-ce vraiment la maladie ? Me voilà en course effrénée à la recherche de ma turgescence perdue. Au secours ! Je voulais être Abraham l'érigé, je convoquais Priape, je voulais être Rocco Siffredi. Mon amie George m'avait dit un an auparavant : « Arrête avec ton cerveau. Redescends aux tripes. » Comment descendre aux tripes, ma chère George, quand le cerveau a fait un putsch et garde la main, me laissant tellement faible ?

Le problème, c'était que je n'abandonnais pas l'idée de revivre. Et pour la vie de couple, je me disais qu'il fallait quand même que la camelote fût assurée. Ce n'était pas la peine de chercher une partenaire alors qu'on était moribond, d'autant plus que, dans ces cas-là, parfois les relents putrides attirent toute une faune avide.

« Si vous le souhaitez, je peux vous faire fournir de la littérature érotique pour vous stimuler, me proposa la psychologue.

— Oh non, merci ! Mes enfants m'ont entre autres laissé une anthologie de la poésie française. Villon, Baudelaire, Apollinaire sont de fieffés pornographes. Regardez ces lettres qui se transforment, ce *m* qui se ferme pour former une vulve, ce *g* qui cherche une approche acrobatique, ce *o* qui se strie et se contracte, ce *a* qui s'ouvre comme un gouffre, ce *l* qui sort et ondule à la recherche de toutes les luxures. Toutes ces lettres qui se meuvent, houleuses comme dans un tableau de Folon. Non vraiment, je n'ai pas besoin de littérature érotique. »

Ils veulent panthéoniser Verlaine et Rimbaud ! Mais pourquoi pas Lolo Ferrari ? En tous les cas, ça permettra à la France d'encore mieux se regarder, non pas dans les yeux, mais dans l'obscur et froncé œillet violet, dans l'olive pâmée qui va transformer la demeure d'Hugo, Moulin et Césaire en un antre gigantesque d'érections glorieuses de tous ces héros de la France.

Et voilà que ce matin, cette petite merveille venait me rappeler que je n'étais pas tout à fait mort. C'était dommage qu'il n'y eût personne pour en profiter. Je me dis que c'était l'occasion pour exécuter la prescription de Joseph et pour me transformer en frénétique Diogène matinal de la Fondation Cognacq-Jay, mais je me retins, n'étant pas tout à fait sûr qu'une extase solitaire en ces murs ne me provoquerait pas un tonitruant bronchospasme qui m'enverrait *ad patres*.

XXXVI

« Vous avez de belles veines. »
L'infirmière semblait embarrassée par le choix. J'avais un très beau réseau. Elle portait ses cheveux en chignon, dégageant un front large et des sourcils épais. Ses yeux étaient de ce bleu incroyable des mers de Bretagne. Le bas de son visage était caché par son masque qui laissait deviner un nez droit au-dessus de lèvres probablement assez fines. Elle devait avoir vingt-cinq ans.

« Alors, qu'est-ce qu'il y a à manger chez vous ? demanda-t-elle en tapotant mon avant-bras droit.
— Attention ! lui dis-je pour la mettre en garde. Elles roulent sous l'aiguille. En quatre mois, j'ai été piqué des centaines de fois.
— Moi, j'ai juste deux tubes à prélever. »
Je scrutai le fin duvet noir qui couvrait ses avant-bras, plaqué là par un doux vent invisible, ce duvet soyeux qui semble ne seoir qu'aux Méditerranéennes.

« Je pique dans celle-ci.
— Ça va, je ne sens rien. Elle avança et se pencha, dévoilant une vue plongeant sur deux seins qui brillaient d'un éclat rose et que l'on voudrait cueillir. On n'entendait

plus ce qu'elle disait. Je voyais juste sa respiration et son regard qui semblait dire "qui sas ?"

— Vous me donnerez également un crachat dans le petit pot. »

Sitôt dit, sitôt fait.

« Tu veux ou tu veux pas ? » Je me dis que j'allais lui poser l'unique question de l'unique succès discographique de Marcel Zanini.

Son sourcil gauche fit un accent circonflexe qui n'était ni surprise ni crainte, ni interrogation ni doute, mais bien un peu de tout cela. Un accent circonflexe qui m'envoyait paître.

Elle s'en alla. Je la suivis du regard en rêvant au dandinement à travers sa blouse de ses deux fesses fermes à damner tous les diables des enfers.

Au gentil dénigrement du sexe avait succédé une course effrénée pour récupérer ma virilité. Chaque femme rencontrée avait les traits de l'ange salvateur. Je me dis qu'après six mois d'abstinence, il valait mieux éviter de recommencer ma vie sexuelle par un assaut sur une infirmière aguichante certes, mais… Je rejetais l'option de faire la une de la gazette de Férolles-Attilly.

Comme d'habitude, la télévision de mon voisin tournait déjà à vide sur une émission dédiée au couple. J'entendis une psychologue invitée marteler : « L'accès au toucher est difficile dans l'extraconjugalité ».

XXXVII

Aujourd'hui, Guillaume, mon kinésithérapeute, est absent.

Comme ce n'était que pour un seul jour, il n'a pas transmis l'information. « Il n'y a personne pour s'occuper de vous. » Je suis baba. Je reste bouche bée. Il n'y a vraiment pas de solution ? J'hésite à faire un scandale. Le patient compte vraiment pour du beurre. Je me décide à faire un vrai-faux scandale, un peu comme pour ne pas en rester là.

« C'est inadmissible !
— En même temps, ce n'est pas à nous d'essuyer les plâtres, me dit une de ses collègues. Vous n'avez qu'à vous adresser à l'intéressé ou à sa hiérarchie.
— C'est qui, sa hiérarchie ?
— C'est Gonzalez. Il n'est pas là non plus. »

En fait, on conseille aux patients en déshérence d'aller se promener en attendant que la journée passe : « Vous, Monsieur, vous êtes valide. Vous pouvez aller vous promener. Demain, il fera jour. »

XXXVIII

Téléphone.

« Allo ! Bonjour monsieur M., c'est monsieur Calodo. Votre ancien voisin au Kremlin-Bicêtre. Vous savez, l'embolie pulmonaire ! C'est terminé ! »

L'antonomase m'arracha un sourire. Monsieur Calodo me faisait comprendre qu'il était plus fort que la maladie.

« Je vous appelle d'Espagne. Je vous souhaite une très bonne année 2020. Je passerai vous voir pour votre toiture. Vous savez ? Nous en avions parlé. Là, je vais passer à table avec toute ma famille. Quelle affaire que la vôtre, hein ? Quand je pense que vous avez dû être opéré à cœur ouvert avant qu'on se rende compte que c'était autre chose. »

Une vraie concierge, ce monsieur Calodo. Bien que je ne me fusse jamais confié à lui, il semblait avoir reconstitué mon histoire par les bribes qui lui parvenait des visites des médecins pendant notre voisinage.

« Eh bien ! Une bonne année à vous aussi, Monsieur, et à toute votre famille. »

Le souci de monsieur Calodo de partager sa joie familiale et celle, anticipée, de me deviner heureux parmi les miens rendait obsolète et indécent tout récit de mes dernières péripéties médicales. J'étais tellement heureux de l'entendre heureux de me savoir guéri et en bonne santé. Ça valait bien une petite entorse à la vérité et je ne m'en portais pas plus mal.

Et pourtant, pendant son séjour, monsieur Calodo avait fait partie de la catégorie de pensionnaires que je qualifierais de joviaux, retors et teigneux. Bref, un gros manipulateur. C'était une catégorie qui associait une protestation permanente contre l'hospitalisation, une critique inlassable mêlée de séduction vis-à-vis du personnel et une stratégie de guérilla pour grappiller tous les avantages possibles du séjour. Le principe général considérait que rien n'était facile et que tout posait problème. On gagnait millimètre après millimètre, sans lâcher.

L'aide-soignante passait pour prendre la tension artérielle.

« Je vais commencer par vous, monsieur Calodo.
— Pourquoi ne pas commencer par le voisin qui est plus proche de la porte ?
— Nous avons toujours procédé ainsi.
— C'est un peu idiot, et en plus, je sors de la douche. Ma tension va être haute.
— Pouvez-vous vous allonger ?
— J'ai signalé hier que le lit était bloqué en position haute.
— Je vais le signaler à l'atelier.
— Et je serai déjà parti quand le problème sera arrangé !

— Prenez votre oxygène, Monsieur, le taux à l'oxymétrie est un peu bas.

— Le taux est bas parce que vous avez commencé par moi, alors que je sors de la douche. Je vous l'avais dit. »

Monsieur Calodo était Espagnol, non-réfugié, aimait-il préciser. Il n'avait pas fui l'Espagne. Il n'avait aucun souvenir désagréable de Franco à part une certaine brutalité de la police. Quand Juan Carlos 1er et les Bourbons furent mis en selle par Franco, il était déjà en France.

Il me parlait de son enfance en Galice. Il avait encore le temps de me parler des plats que concoctait sa mère : fayots, haricots, lentilles.

Vis-à-vis des infirmières, il utilisait la stratégie de la porte. Il commençait par une demande :

« Les bandes de contention pour insuffisance veineuse sont trop relâchées. Elles ont été mal posées. Il faut les resserrer. Et tant qu'à faire, puisque le pied est maintenant accessible, pouvez-vous appliquer une crème hydratante sur la plante des pieds qui présente des callosités ? Et le dos ! Et le dos ! »

Voilà donc l'infirmière bien prise et bien appliquée à masser un monsieur Calodo goguenard. « Ne prenez pas trop de crème. Appliquez bien en couche fine. »

Sur la chaîne de télévision Public Sénat, le groupe de la majorité, *En marche*, était malmené pour avoir refusé le prolongement du congé accordé à l'occasion du décès d'un enfant de trois à douze jours.

« Pourquoi pas un mois ? » Le point fort de monsieur Calodo était que son analyse était basée sur une excellente connaissance de l'actualité.

« Le président Macron est un amateur qui gouverne avec des amateurs. Moi, j'attends l'arrivée de Marine Le Pen. »

S'ensuivit un sujet à la télévision sur la foire de Paris et les dernières innovations en robotique. La théorie de monsieur Calodo était que l'explosion des robots dans tous les secteurs d'activités ménagers était liée à une paresse générale des jeunes.

Un vieux monsieur poussait un déambulateur dans le couloir en respirant bruyamment. Monsieur Calodo s'en plaignit aussitôt.

« Ici, tout le monde souffle ! » Il oubliait que nous étions dans un service de bronchopathes.

Il ne pouvait pas savoir que dormir à côté de lui, c'était partager un jacuzzi avec un hippopotame et que les grands bruits de glouglou sortaient de son large thorax balafré. Il ne lui restait qu'un seul poumon qui semblait se débattre et se contorsionner à grand bruit d'eau.

L'alarme de ma VNI l'avait cueilli en pleine phase de sommeil profond. Monsieur Calodo n'avait plus fermé l'œil de la nuit. Trois heures. J'écrivais sur les insomnies de monsieur Calodo, lequel était constipé et ballonné et souffrait de maux de tête.

« C'est depuis qu'on m'a donné un nouvel antibiotique. L'infirmière fut appelée : est-ce que vous en avez parlé au médecin ?

— Oui, mais le médecin vous écoute avec un pied en arrière prêt à partir, et à la fin, on est de plus en plus angoissé et on ne peut pas dormir. »

Monsieur Calodo se plaignit toute la journée, mais refusa de changer de chambre.

Je sautai sur l'occasion pour prendre la chambre qu'il refusait, ce qui le plongea dans une rage glacée.

« Alors vous êtes content maintenant que vous êtes dans une chambre seule ?

— Très content, Monsieur.

— Content d'être débarrassé de votre voisin ?

— Mais pas du tout. J'ai été mis en chambre seule pour raison médicale. Mon voisin était tout à fait charmant. »

Monsieur Calodo continuait d'arborer une moue mauvaise.

Ma dérobade était très mal vécue par monsieur Calodo. Une infirmière me croisa : « On vous a changé de chambre. Il paraît que ça se passait très mal avec votre voisin. » Je protestai. C'est monsieur Calodo qui répandait ce bruit. Un monsieur Calodo, ça râle, ça récrimine, ça a besoin d'un public. Lui enlever son public, c'était comme enlever un banc de poissons à un requin.

Cerise sur le gâteau. Monsieur Calodo reçut un pot pour une coproculture, mais il manquait la spatule. « Avec quoi on va prélever le caca ? Avec le doigt ? fulmina-t-il. »

La veille, l'aide-soignante lui avait dit : « Je reviens vous servir, j'ai un régime léger "mastique" pour votre voisin de la chambre à côté. » J'en déduisis qu'elle devait servir assez à l'avance les patients comme moi à qui une mastication prolongée était recommandée. Monsieur Calodo exigea d'être quand même servi en premier pour être à l'heure à sa séance de kinésithérapie. Après avoir contraint l'aide-soignante à le servir, il déclara en s'étirant : « Après tout, je descendrai vers la fin de la séance, histoire de les encourager un peu. La salle de rééducation est un lieu amusant. J'aime bien voir ces mamies trémulantes et ces aristocrates qui ont troqué leur blazer contre une blouse et qui, en guise de pantalon, arborent une couche Pampers géante. »

Malgré son caractère de cochon, monsieur Calodo avait un succès franc avec la gent féminine hospitalisée. Elle se bousculait ses faveurs, et lui prenait des allures de coq dans les couloirs.

De temps en temps, il disparaissait dans la chambre d'une pensionnaire pour y continuer la conversation.

La sortie de monsieur Calodo fut grand-guignolesque. Elle se fit au milieu des soupirs de son fan-club. Il refusait de rentrer chez lui. Alors qu'il n'avait pas arrêté de se demander ce qu'il faisait dans ce mouroir de vieillards laids et grabataires.

« J'ai la charge de votre transport à votre domicile. Où sont vos affaires ? dit l'ambulancier.

— C'est mon problème à moi, mon ami, tu ne me parles pas comme ça !

— Je suis le chef de l'ambulance. Le chef de service était ici. Vous ne lui avez pas parlé comme ça. Alors, baissez d'un ton. Nous ne sommes pas votre ami.

— On me fait sortir comme un chien ! Je pars de force.

— Ramassez vos affaires et arrêtez de nous casser les pieds. »

C'est ainsi que monsieur Calodo quitta le service, la queue entre les pattes, ou plutôt assis dans le fauteuil roulant avec lequel un solide ambulancier, jumeau de l'armoire à glace, le conduisait vers le véhicule sanitaire, entouré par ses copines éplorées. Comme dans un geste de ballet, les deux ambulanciers ajustèrent la capuche de leurs blousons Kia sur leur tête pour se protéger du froid. C'était étonnant de payer pour faire la publicité d'une marque qu'on arborait. Il faut croire que le plaisir personnel et peut-être le désir d'appartenance ou de dissolution avaient un prix. Esprit de meute en quelque sorte. Kia est un gamin des cités qui, comme on disait ici, avait réussi dans les réseaux sociaux. Un influenceur suivi par un million de personnes et qui avait créé et commercialisé une ligne de vêtements sportifs.

La grande colonne en béton qui soutenait l'entrée de l'hôpital arborait un panneau rond indiquant une interdiction de fumer qui était goulûment bravée par deux ou trois bronchopathes artéritiques récalcitrants. Un des trois ne pouvant se fournir en cigarettes auprès des deux autres, examinait dans le cendrier la longueur utile de mégots rabougris, puis sortit en râlant une boîte de Nicorette quatre milligrammes dont il prit une pastille.

XXXIX

WhatsApp. Sidonie. Quinze heures. Je la vis apparaître sur l'écran de fumée.

« Ha ! Ha ! Ha ! Comment vas-tu ? »

Ses dents étaient horriblement espacées comme sur une tête de mort. Elle portait une espèce de grosse cape rouge cardinal et un gros pétard à la main droite, comme la camarde tiendrait une fourche.

« Ça va moyen. Tes derniers tableaux me donnent la gerbe. Vraiment flippant. Un vrai charnier.

— Ah bon ! c'est vrai que ça grouille de personnages à la Bosch. C'est un peu psychédélique. Mais il y a des fleurs aussi.

— Oublie. Même les fleurs ont des têtes de mort. Tu parles d'un jardin des délices ! Tu prends quoi pour le moment ?

— On n'a pas arrêté. Je suis foncedée. On s'est pris des tonnes de bières en plus de teasers. C'est la course contre la montre. Ha ! Ha ! On ne vit qu'une fois. »

J'avais une image de Sidonie comme un bolide de Formule 1 sur un circuit, course contre la montre pour vivre, pour multiplier la vie et se dépêcher de mourir.

« Je ne sais vraiment pas quoi te dire. Tu es à Tours. C'est une jolie petite ville. Profite ! »

Je me dis qu'elle avait un grain et ça ne me faisait pas rire.

« Promis, chou-fleur ! Et je viens te voir dès que je suis à Paris. Ta copine de Perpignan dit que je t'entraîne vers la mort. Ce n'est pas vrai. Je suis clean. Je ne t'ai fourgué que de la *weed*, et encore, c'était pour tes copains musiciens. Je ne t'ai même pas proposé de coke, quoique… ah ! ah ! ah ! Je me destroye, mais je fais attention aux autres.

« Nogar est parti. Tu sais, mon copain. Le Congolais. Ouais ! On ne baisait pas. C'est chiant. Il ne sentait pas bon.

— Comment ça ?

— En fait, même après une douche, nos odeurs n'étaient pas compatibles. Du coup, il n'osait plus trop. Là, je suis avec Kaira. Tu sais, lui, il n'a vraiment pas de pot. Il a trente ans et il en a déjà fait huit de taule. Il a pris une fois pour braquage de banque, puis après, pour trafic de stupéfiants.

— Huit ans de taule à son âge ? Il doit être vachement musclé.

— Ah oui ! C'est un vrai dieu vivant. Un sacré Apollon. En plus, il baise vachement bien ! Mais je pense que je vais le larguer. Il est vraiment brut de décoffrage, ras des pâquerettes la conversation. Moi, j'ai besoin d'un intellectuel, de quelqu'un qui me parle d'art, de poésie.

« Là, je vais faire des courses de fringues sur le site des Petits Frères des Pauvres. J'ai un peu de thunes. Pas beaucoup. Je dois m'acheter une robe et des bottes "Alice au pays des merveilles". Les jupes, je les fais moi-même, c'est ma grand-mère polonaise qui m'a appris. Je suis quarteronne polonaise par ma grand-mère maternelle.

— J'aime beaucoup la Pologne. J'ai un bon ami là-bas, du côté de Białystok. Il m'a encore appelé hier.

— Ils sont un peu racistes.

— Bah ! Peut-être, mais c'est un peu comme partout. Beaucoup de préjugés.

— Quoique, toi, on peut pas être raciste contre toi. Tu n'es pas un gars de la cité. Toi, tu ne risques rien. En plus, tu parles anglais et tout… Vraiment, tu risques rien côté racisme.

— Ouais ! Dans ta cité, ça se fait que la majorité, ce sont des Blacks, mais c'est un problème économique d'abord.

— En plus, tous ces gens rendent vachement de services.

— Ah oui ? À qui ?

— À des gens comme moi, à tous les drogués. Tu te rends compte, avec le confinement, ce n'est pas simple de trouver la came. Les embrouilles, c'est entre eux, entre bandes rivales. Sinon, dans la cité, on ne les voit pas. Allez, je travaille mon morceau d'Erick Satie. Je te l'envoie dès qu'il est au point. Après, je vais compter la thune pour mes courses sur le Net. »

XL

Je regardais par la fenêtre, au loin, après les champs en friche, dans la brume ensoleillée d'avril, le manoir de la chouette, gris et inquiétant, dressé vers le ciel parmi les hêtres rouges qui lui servaient de garde-corps et le chèvrefeuille sauvage qui lui grimpait aux côtés.

Je laissais se dérouler la pelote d'un bavardage vague et inconsistant. Il paraît qu'il faut sept secondes pour capter l'attention de son interlocuteur. Je me demandais alors combien de temps j'allais tenir dans le long bavardage que j'avais. Bavardage plus que monologue. Je dirais même, conversation avec moi-même, puisque je me voyais, j'entendais mon souffle sur la feuille ou sur la tablette, je souriais, j'avais des rides d'agacement, j'alternais dépit et perplexité.

Une vraie conversation.

J'étais une plume. Tenue par une main longiligne et osseuse. Un peu comme une main d'Abraham Lincoln, voyez-vous ? Je partageais d'ailleurs avec lui un vrai prognathisme, à la différence près que moi, je ne m'étais pas laissé pousser la barbe. Une plume avec une barbe ! Et un regard de braise. Lui disait être noir à l'intérieur. Moi, j'étais chargé de mélanine et ça se voyait.

Je vous l'ai déjà dit. Je vous le rappelle, je vous engage dans un bavardage éternel. Ne craignez pas cette éternité. L'éternité, c'est tout simplement ici et maintenant. Nous sommes dans l'éternel recommencement. Je vous l'ai déjà dit aussi.

La conscience de l'éternité serait le pire supplice grec qu'on puisse imaginer. Comment a-t-on pu convaincre une telle foule que l'éternité était une récompense ? Comment peut-on se battre pour des religions qui promettent la vie éternelle ? Mais qui peut souhaiter vivre éternellement ? Personne. Et pourtant, nous sommes déjà dans l'éternité. On nous a simplement épargné la conscience que nous revivions sans cesse les mêmes histoires depuis des milliers d'années. Cette amnésie des vies antérieures avec leurs lots d'amour, de guerre et de sang nous rend cette vie-ci plus supportable. Ceci nous permet de rester dans l'angoisse de la mort autrement plus facile à gérer que l'angoisse de l'éternité.

Revenons à nos moutons. Je disais donc que j'avais l'intention d'avoir avec moi-même et avec vous une conversation éternelle, c'est-à-dire au jour le jour.

J'étais une plume et dès que je commençai ma course sur la feuille, j'éradiquai la fatalité. J'étais le maître de tout ce qui pouvait advenir ou ne pas advenir. On fait l'écriture avec une plume parce que, si la plume survole les mondes et les personnages, elle n'est pas rivée dans le cul de l'écrivain. Faut-il se confier ? La confidence fait perdre sens et essence. Je préfère m'intoxiquer au méthane de ma pensée macérée et putréfiée pour que de cette décomposition se distille un élixir divin, que de cette fabrique sourde l'alcool de ma vie. Je veux m'envoler et ne pas tremper cette plume dans l'arcade éclatée du monde.

XLI

« Il n'y a pas de fatalité pour l'amour. »
C'est ce que je n'avais cessé de répéter à Conchi depuis qu'elle m'avait fait sa déclaration d'amour il y a dix ans : « Tu es l'homme de ma vie ».

Conchi était une infirmière qui avait fait partie du cortège envoyé par l'Espagne devant la crise démographique des infirmières en France dans les années 2000. Les effets de boomerang des décisions administratives semblaient spectaculaires dans le domaine de la santé. Renforcement du numerus clausus dans les écoles d'infirmières, grave crise démographique dix ans plus tard. On se tirait une balle dans le pied et on s'étonnait que ça gangrène alors. Quelques années plus tard, on allait avoir le même problème avec les médecins. Conchi était arrivée dans mon hôpital. Je m'étais pris d'amitié pour elle.

Je l'avais un peu pris sous mon aile pour améliorer son français pendant que, de mon côté, je récupérais quelques phrases d'espagnol. Elle s'appelait Maria de la Immaculada Concepción.

J'aurais dû me méfier. Certains prénoms sont à eux seuls des prophéties autoréalisatrices. Emmanuelle, Ève,

Marie, des prénoms puissants souvent chez des femmes sensuelles, rayonnantes surtout après une maternité glorieuse, catholiques et ambivalentes.

Mais il est aussi des prénoms d'une puissance rare du fait d'une antériorité de poids. Une seule Aliénor d'Aquitaine vous change le destin de ce prénom. Une seule Ninon Lenclos. Salomé. Cet effet historique peut même être multiplié par le nombre de personnages ayant façonné le prénom. Prenons Camille, la tragique sœur des Horace, puis Camille de Musset, puis Camille Claudel. Simone Weil, Simone Veil, Simone de Beauvoir, Signoret. En voiture, Simone !

Il n'est point que les prénoms religieusement connotés qui dégagent cette puissance sulfureuse.

Lorsque je sus son prénom complet, je pensais avec amusement que sa fête était le huit décembre comme la fête de Notre-Dame de Mbansa-Mboma, le collège tenu par les jésuites dans le fin fond de la forêt du Bas-Congo où j'avais étudié pendant quatre ans.

Conchi était une belle en chair avec une charpente osseuse solide comme on voit encore chez certaines femmes. Elle avait un petit visage rond qui s'illuminait rarement d'un sourire. Conchi souriait peu. Elle portait en permanence un foulard autour du cou. Elle se mit à se plaindre de plus en plus de la lourdeur des tâches et du manque d'aide de la part de ses collègues.

Je passais de temps en temps la voir dans le service des urgences où elle était affectée et l'invitais au Palais de

Yudong, un restaurant chinois fort judicieusement placé en face de l'hôpital.

Ainsi s'écoula le temps jusqu'à la fin de son contrat.

Nous dînâmes au Parc aux Cerfs, dans le quartier de Montparnasse. Elle me parla d'elle. Elle était l'aînée de deux filles, enfants de vieux puisque sa mère avait quarante-quatre ans à sa naissance et son père cinquante-deux.

Ce soir-là, elle avait enlevé son écharpe et laissait voir un décolleté, fort joli d'ailleurs, et une large cicatrice de brûlure sur le haut du thorax. Nous nous étions quittés en nous faisant *un fuerte abraso*.

Conchi partit pour une première mission en Équateur, puis fit un intermède européen pendant lequel elle entreprit le pèlerinage de Compostelle. Je reçus une carte où elle me disait : « Il faudrait qu'un jour tu le fasses toi aussi, le chemin ».

Sa deuxième mission la conduisit en Éthiopie, du côté de Gondar. Elle m'envoya une photo d'elle tenant dans ses bras un petit Éthiopien mignon comme un cœur avec le message : « Voici ton enfant, il va falloir que tu t'en occupes ! »

J'avais beau réfléchir. Sauf téléportation suivie d'un rapport sexuel, je ne voyais pas comment je pouvais avoir conçu un enfant avec Conchi, d'autant plus qu'il faudrait ajouter un petit voyage dans le temps, vu que mon petit Éthiopien avait au moins trois ans.

Tout ceci prenait une drôle de tournure. Qui était cet enfant ? Quel était l'état psychologique de Conchi ?

Un enfant dans l'affaire ! Je descendis la grande rue de Sèvres pour poser une main courante. Deux policières, la bouche en cœur, les yeux ronds de fausse incrédulité semblaient plus se préoccuper du cas que je faisais de cette affaire que de prendre ma déposition.

Une infirmière espagnole qui vous envoie une photo d'Éthiopie ! Ce n'est pas Interpol, c'est l'ONU qu'il faut contacter !

Je les entendais marmonner des commentaires généraux à propos des mains courantes pendant que je m'éloignais du commissariat. Ah ! J'avais oublié de vous dire. Je suis facilement ému par les choses et j'ai la larme facile. Cette fois-ci, de vraies larmes qui avaient commencé tout doucement et qui maintenant n'en finissaient plus : « Occupe-toi de ton fils ! »

Mais qui était ce garçon ?
Je séchai mes larmes et me dis que j'allais attendre le vendredi suivant pour en parler à mes amis du Meyliwa basket club.

Et si les Espagnols qui avaient prétendu aider la France en lui envoyant des infirmières avaient volontairement choisi des psychiatriques, un peu comme Fidel Castro s'y était employé en déversant ses asiles sur les côtes de Floride ?

XLII

Le Meyliwa basket club était un groupe d'amis. Nous jouions au basket dans le gymnase du lycée François Villon, porte de Vanves. Pendant quarante ans.

Il y eut des venues, des départs, mais le noyau dur était toujours là. Manu et Denis se connaissaient depuis le CM2. C'étaient les plus anciens. Manu était un fils d'immigré espagnol ayant fui le franquisme. Il est maintenant retraité après une carrière à la RATP et un quadruple pontage. Denis, c'était notre capitaine. Il a fait sa carrière comme professeur d'éducation physique dans une zone d'éducation prioritaire.

Ensuite, il y avait les deux frères Draycout qui habitaient un hôtel particulier rue du Moulin.

Scolarité à Hyppolite Maindron puis à Henri IV. Bernard était avocat spécialisé dans le droit de la famille et Jean-Michel, chef de service d'anesthésie-réanimation. Bernard jouait avec une prothèse de la jambe gauche par suite d'une amputation liée à un crash à moto. Dans le jeu, il abusait parfois de son handicap, et parfois, la seconde d'hésitation du défenseur lui permettait de mieux ajuster son tir. Il semblait mieux sur ses assises et avait gagné en précision. Il ne manquait d'ailleurs pas de célébrer chaque point réussi par un poing vengeur.

Venaient ensuite les anciens de Louis-le-Grand : Jérôme qui ne voulait plus qu'on l'appelle Jéjé, et François et Michel. Jérôme a fait sa carrière comme cadre supérieur à La Poste, puis a monté une boîte de livraison à vélo. François était banquier d'affaires, frère de lait de Michel avec qui il a fait toute sa scolarité. Michel était médecin généraliste du côté de la rue Fontaine et avait, à ce titre, le triste privilège de soigner régulièrement les danseuses du Moulin Rouge.

Vadim, médecin d'origine roumaine, était installé comme ophtalmologue dans les Yvelines. Romuald, Gil, Éric, Fred et Bertrand étaient des transfuges du club de Vanves, ils étaient venus renforcer notre groupe.

Voici donc le club présenté, mais aussi le panel. En effet, après l'entraînement, qu'il ventât ou qu'il plût, nous nous retrouvions au restaurant chinois Meyliwa, boulevard Victor, où nous étions toujours accueillis par l'aimable monsieur Gang.

Leffe pour les uns, Tsin Tao pour les autres, Coca pour Manu et Picon bière pour Éric.

Après un rapide tour de l'actualité, il était de coutume que l'un ou l'autre qui avait un sujet à débattre le présentât au panel. Les sujets étaient variables.

Un soir, François s'inquiétait de la faible croissance de ses palmiers dans sa propriété de Corse. À l'unanimité, le panel avait conclu que les plantes n'étaient pas assez arrosées et que, vu leur état de décrépitude commençante, il n'était pas impossible d'ajouter à l'arrosage habituel un peu de semence humaine.

« Oh ! Mais vous voulez ma mort ? Vous me voyez demander à mes amis corses de venir se branler en se frottant contre mes palmiers au bord de la piscine ?

— Mais qui te dit d'engager des Corses, intervint Manu. Fais-le toi-même, à ton rythme. Tu en as combien de ces putains de palmiers ?

— Douze.

— Bah alors ! Ce n'est pas la Méditerranée à boire. Tu n'as qu'à moins aller voir les putes.

— Tu sais très bien que je ne vais pas voir les putes.

— Moi non plus, je ne vais pas voir les filles de joie, parce que, sans joie, je ne peux pas aller les voir. Mon intervention tomba un peu à plat.

— Bah alors ! Qu'est-ce qui te gêne ? poursuivit Manu. »

Il était tout à l'enflammement altruiste du bon copain qui défend sa solution géniale. François semblait pourtant encore avoir une petite réserve.

« Il n'y a pas que des femelles dans mes palmiers. Il y a au moins cinq mâles. »

C'est là qu'intervint Bertrand de sa docte voix d'ingénieur en aéronautique bardé d'une longue expérience en prévisionnisme.

« Mais sois rassuré. Tu vas pouvoir les entreprendre sans crainte, tes palmiers. Au moins, on pourra être sûr qu'ils ne feront pas tous des enfants. »

Devant la tablée hilare, François affichait la mine désabusée du gars qui, bien que ne se souvenant plus de sa question initiale, n'avait plus qu'une seule certitude, celle de son inanité.

Ceci ne l'empêcha pas de faire traiter ses palmiers par des injections à six cents euros par arbre par un spécialiste local.

Le vendredi, c'était donc basket.

Nous avions tous sanctuarisé ce jour dans nos agendas respectifs. Tout événement qui nous empêchait de nous retrouver était des plus malvenus.

J'arrivais toujours un peu plus tard que les autres et je ne manquais jamais de saluer le gardien, un monsieur antillais, grisonnant, discret et affable. Depuis la première année où j'avais instauré qu'on lui offrît des étrennes au Nouvel An, ce qui l'avait illuminé d'une joie intense que nous n'aurions même pas pu soupçonner, il nous accueillait comme de la famille. Il avait soixante-quatre ans et attendait une retraite bien méritée dans les îles.

J'allais pour saluer monsieur Jacques — ce n'est qu'un peu plus tard, le triste vendredi soir où on l'a trouvé inanimé dans sa loge que j'ai appris son nom. « Pas d'entraînement ce soir, les gars. Le gardien est mort. » Il y avait bien un défibrillateur dans le gymnase, mais c'est vrai qu'on n'imagine pas que le gars qui fait un arrêt cardiaque va l'utiliser tout seul. Bon, là, j'ai un peu anticipé…

Je saluai donc le gardien et rejoignis le vestiaire où les commentaires allaient bon train sur l'actualité de la semaine.

Ce soir-là, après l'entraînement de basket, nous arrivâmes sur le parking du Meyliwa. Y étaient garées trois Mercédès noires à vitres teintées.

« Aïe ! aïe ! les triades sont de retour, dit Manu. Tu as intérêt à bien nous soigner l'affaire Bernard. »

Bernard avait été engagé sur sa propre proposition comme avocat du Meyliwa pour régler un litige avec le bailleur du restaurant. Les limousines noires semblaient indiquer que l'affaire était suivie en haut lieu.

Les barons chinois étaient regroupés dans un coin. Nous faisions mine de les ignorer, mais eux n'arrêtaient pas de nous saluer à grand renfort de hochements de tête comme si nous étions les barons d'une triade d'une puissance au moins égale à la leur. Personne n'était à l'aise. Le patron, monsieur Gang, n'en menait pas large non plus.

« Tu n'as vraiment pas intérêt à te rater Bernard. Personne n'a envie de finir dans le menu, insista Manu. »

Nous nous installâmes comme à notre habitude à la grande table ronde au milieu du restaurant. Les triades — sinon, pourquoi des lunettes noires en pleine nuit ? — semblaient épier nos mouvements. Les carpes koïs allaient et venaient dans le petit bassin artificiel.

« Au fait, j'ai eu des nouvelles de mon amie espagnole, Conchi, lançais-je.

— Ah oui ? Que devient-elle ?

— Figurez-vous qu'elle fait beaucoup de missions humanitaires. Mais surtout, elle m'envoie à nouveau plein de messages téléphoniques à toute heure. J'ai dû bloquer son numéro dans WhatsApp. Elle est revenue sur Viber.

— Mais pourquoi ne lui donnes-tu pas ce qu'elle te demande ?

— Mais je ne sais pas ce qu'elle me demande. Elle dit qu'elle m'aime. J'ai toujours eu une grande amitié pour elle, mais je n'imaginais pas qu'elle en soit encore à ce stade huit ans après.

— Si tu avais fait l'amour avec elle quand elle te l'a demandé, vous n'en seriez pas là.

— Je ne suis pas sûr de ce qui se serait passé. Là, elle a débarqué d'Éthiopie. Elle m'a donné rendez-vous dans un restaurant du côté du Père-Lachaise en me disant : "Je ne sais pas si toi, tu y seras, mais moi, je t'attendrai".

— Et alors ? Tu y es allé ?

— Non ! Je me suis dégonflé. Elle est un peu flippante. Elle a fait deux séjours en psychiatrie. Et huit ans sans se voir ! Elle pourrait passer à autre chose. J'ai honte de prendre des avis pour tout, mais j'ai dû prendre celui de mon psychiatre qui m'a conseillé la prudence. En réalité, ça me fend le cœur. Elle m'a dit que j'allais être malheureux toute ma vie et que j'allais finir seul. Puis elle a ajouté : "Mais elle est où ton âme ?" »

XLIII

Nous étions au soixantième jour de confinement. J'étais confiné à l'intérieur de l'hôpital, à mon étage. Jean-Michel m'appela :

« Je peux passer te voir.

— C'est une blague ? N'es-tu pas confiné ?

— Je le suis chez ma compagne, à Lésigny, à côté de ton hôpital. On vient te faire un signe par la fenêtre. »

J'eus ainsi le plaisir d'avoir une visite de Jean-Michel et Ariane qui étaient venus de la ville d'à côté et que je voyais à trois cents mètres, au loin, dans les champs, tout en leur parlant au téléphone.

À l'extérieur, le confinement fut levé le onze mai.

XLIV

Après avoir été confiné bien avant tout le monde, je fus à mon tour déconfiné en ce vingt-sept mai 2020. J'avais le grand bonheur de rentrer définitivement chez moi. Mes enfants étaient terrorisés à l'idée que je m'asphyxie à la maison.

Il y avait du stress à imaginer que j'allais quitter l'hôpital et que cela comportait un risque vital. Je sortais d'hospitalisation non pas guéri, mais avec une maladie dont je connaissais la gravité, avec laquelle il allait me falloir vivre. Cela s'appelait une maladie chronique. J'en avais trois pour le prix d'une : une maladie respiratoire rare, des troubles du rythme cardiaque et une insuffisance cardiaque. C'était une situation personnelle nouvelle. J'avais été bien entouré, bien soigné. Mais, ça restait un duel.

L'expérience de ma maladie faisait de moi un autre homme, physiquement bien sûr, et spirituellement aussi.

Mes enfants avaient été extraordinaires. Sans leur soutien, et celui de mes amis, je ne suis pas sûr que j'aurais pu vaincre cette agression terrible. Les suites opératoires avaient été pénibles et tous avaient témoigné d'une présence importante. Nous étions à la phase de réhabilitation.

J'allais de mieux en mieux. Même s'il y avait encore du chemin à faire. Il fallait que tout le monde fût rassuré. J'avais la chance de ne pas mourir. Je reprenais le cours de ma vie. Tout allait bien se passer. Je rassurai mes enfants.

Mon premier plaisir, au cours de ma première nuit de liberté, fut de regarder mon chien dormir. De ce qu'est un soupir de chien, jamais vous n'aurez la moindre idée. Baloo déploya dans la pénombre une énorme mâchoire, laissa comme cri un gros silence, un soupir, un soupir de chien. Qui n'a jamais entendu un tel son ne saura ce qu'est être bien.

Une semaine après mon retour à la maison, je reçus un petit clin d'œil de l'hôpital. L'exergue du courrier attira immédiatement mon attention :

Grâce au paiement de votre facture, l'accès de tous au service public est assuré. Madame, Monsieur, vous avez reçu des soins dont le détail figure au verso de ce document. Si vous nous transmettez avant le dix novembre les documents justifiant de votre prise en charge par une mutuelle ou une assurance complémentaire, vous pourrez être dispensé de faire l'avance de tout ou partie des frais correspondants à ces soins. Sinon, vous devez nous régler la somme de dix-sept mille cinq cent quatre-vingt-douze euros avant le dix novembre 2020.

J'appelai les services financiers du KB :
« Bonjour Madame, je vous appelle à propos d'une facture que je ne comprends pas. On me réclame dix-huit mille euros alors que je suis assuré normalement. J'ai été hospitalisé chez vous du vingt au vingt-cinq. C'était un transfert de Forcilles.

— Ah ! Je vous dis tout de suite que je n'ai pas à répondre de Forcilles et, d'abord, Monsieur, pour moi, vous êtes toujours dans nos lits.

— Je vous certifie que je suis chez moi. J'ai une longue maladie depuis un an et j'ai déjà eu par deux fois à gérer ce genre de situation. La première fois, j'ai eu une injonction d'huissier alors que j'étais hospitalisé depuis des mois. L'hôpital n'avait pas présenté la facture à la mutuelle. La deuxième fois, la facturation était incomplète. Et là, c'est le bouquet final !

— Je crois que j'ai l'explication, Monsieur. Eh bien ! En fait, vous êtes un grand chanceux. Vous avez deux dossiers chez nous ! C'est le SAMU qui a créé un espace avec votre patronyme et cela a généré un deuxième dossier. Voilà, vous êtes effectivement connu du service depuis un an. Sécurité sociale, mutuelle, tout est en ordre. Ne tenez pas compte du courrier. J'annule tout. »

Ouf ! Quel soulagement ! Je venais d'économiser près de dix-huit mille euros ! Mais comment font les personnes qui n'ont pas les ressources pour contester toutes ces petites erreurs qui, ajoutées à la maladie, vous minent ou vous stressent carrément quand on en arrive à l'injonction d'huissier. Ici encore, c'est le patient tout seul qui doit se prendre en charge pour résister au rouleau compresseur administratif. Il n'y a pas assez de travailleurs sociaux pour cela.

Et comme me dit au téléphone, presque euphorique, la directrice du service financier : « Tout est bien qui finit bien ».

XLV

Je reçus de nombreuses convocations pour des visites de contrôle dans les services où j'avais séjourné : Cochin, Le Kremlin-Bicêtre, Forcilles.

En cardiologie, au Kremlin-Bicêtre, j'eus la confirmation que le matamore des salles d'attente, c'est comme l'insupportable enfant hurleur des vols long-courriers : il y en a toujours un.

Dans la salle d'attente des explorations fonctionnelles de cardiologie, monsieur B. — c'est ainsi que l'infirmière l'avait appelé — haranguait la foule :

« Le docteur me fait remettre une documentation de quatre pages à lire pour la pose d'un pacemaker destiné à régulariser mon rythme cardiaque. Il est hors de question que je signe quoi que ce soit. J'ai actuellement quatre médicaments pour le cœur et ça se passe très bien comme ça. »

Je me suis permis d'intervenir : « Je crois, Monsieur, qu'on vous demande juste de signer que vous avez eu l'information. Je crois que le docteur va vous en entretenir. Elle vous a fait donner ces documents pour anticiper l'information, mais croyez-moi — je suis dans une situation similaire à la vôtre — personne ne vous posera un pacemaker à votre insu et surtout pas sans votre consentement. »

Ses paupières lourdes se soulevaient pour approuver, même si son balancement sur place semblait marquer une certaine gêne d'avoir été pris en défaut.

Le passage à l'hôpital de jour de cardiologie consistait en une prise de sang, un électrocardiogramme, une échographie cardiaque et un profil tensionnel. S'ensuivait une séance collective d'éducation durant laquelle on nous prodiguait des conseils de style de vie.

On nous expliquait également les différents traitements de l'insuffisance cardiaque et leur mode d'action.

À la fin, nous remplissions un questionnaire destiné à être évalué par l'infirmière.

Sur un formulaire qu'elle avait laissé traîner là, je pus lire que l'infirmière décrivait une faible perception par le patient — c'est-à-dire moi — du caractère chronique de sa pathologie.

Sur la possibilité de réversibilité et de guérison d'une insuffisance cardiaque, j'avais répondu par l'affirmative vu que, dans mon cas, elle était liée à une arythmie cardiaque et que le traitement de celle-ci allait tout régler. J'étais plus patient candide que médecin.

Comme dix jours plus tôt chez le docteur Chuespal, spécialiste des vascularites et des maladies rares et grand spécialiste français de la granulomatose polyangéite :

« C'était pour combien de temps les injections hebdomadaires de méthotrexate pour la chimiothérapie ? C'était indiqué tous les mardis. »

J'ai arrêté au bout de six semaines.

« Il ne faut pas arrêter ! C'est à vie ! avait martelé le docteur Chuespal, les yeux exorbités. »

La maladie était comme un temple qu'il fallait respecter et ne pas profaner en ne suivant pas la prescription.

« Oh ! Oh ! On se calme ! Le malade, c'est quand même moi. C'est moi qui reçois ces tonnes de prescriptions et, si je ne me trompe, c'est quand même moi qui meurs, alors, un ton au-dessous s'il vous plaît ! C'est déjà assez dur pour ne pas en rajouter. » Ainsi pensai-je tout bas sans le dire. « Je suis malade. Cerné de barricades ! »

À la fin de la prise en charge par l'hôpital de jour, une charmante cardiologue au nom imprononçable vint faire la synthèse avec moi. Ma fonction cardiaque s'était améliorée. Il n'y avait pas d'indication immédiate de pacemaker. Elle était contente pour moi que je puisse reprendre un peu d'activité en télétravail.

Je lui demandai si je pouvais avoir moins de comprimés à prendre.

« Non ! Je ne peux pas. Mais je vais augmenter la posologie d'un des médicaments.
— Et sur la fonction sexuelle, c'est un vrai désastre.
— Voyez avec votre médecin généraliste.
— Je suis mon propre généraliste.
— Alors ! Vu le nombre de pathologies dont vous souffrez, je vous donne un bon conseil : changez de médecin généraliste. »

Je descendis prendre un taxi conventionné au rez-de-chaussée.

« Désolé, Monsieur, votre bon de transport n'est pas bien rempli. Je ne peux pas vous prendre.

— Vous ne pouvez pas cocher vous-même ce qui devrait l'être ?

— Ah non, Monsieur ! C'est une prescription médicale. En plus, elle a été faite à l'ordinateur. En cas de surcharge, je risque de ne pas être remboursé. Allez au cinquième étage faire établir un nouveau bon de transport. Je vous attends.

— Mais pourquoi est-ce toujours au patient de régler les conséquences des dysfonctionnements ?

— Bah ! Parce qu'il est le dernier maillon de la chaîne, de sa propre chaîne. Il faut vérifier que tout est bien rempli pour éviter les désagréments. Il en restera toujours, certes. »

Je régularisai le document et rejoignis le taxi. Pendant le trajet, le chauffeur qui s'appelait Bachir me raconta les aléas des taxis conventionnés.

Il y avait parfois des tentatives d'abus comme ce monsieur qui avait voulu profiter d'une course médicale pour déposer son épouse à l'aéroport avec l'argument habituel : « Mais qu'est-ce que cela peut bien vous foutre puisque ce n'est pas votre argent ? »

« De toutes les façons, ce n'est pas possible parce que toutes les voitures conventionnées sont géolocalisées et contrôlées par la Caisse primaire d'assurance maladie.

— Ah ! Oui. C'est sans doute pour cela que, le mois dernier, la voiture qui m'a conduit à Cochin n'a pas voulu faire demi-tour, même à mes frais, pour une ordonnance que j'avais oubliée. »

XLVI

Ma tentative de retour au travail ressembla à ces obsèques où le mort sort de son cercueil pour venir semer la panique dans la foule recueillie. Comment recycler un praticien que l'on croyait perdu ? Ma direction et ma chef de service semblaient bien embarrassées. Tout le monde attendait le vaccin pour la covid 19 et en tant que personne désormais vulnérable, j'étais interdit d'hôpital. Il fallut attendre le vaccin. Je me retrouvai confiné chez moi en même temps qu'un deuxième confinement fut mis en place dans le pays à cause de ce qu'ils appelèrent la deuxième vague de la covid 19. J'avais du mal à remonter sur le radeau après être tombé à l'eau. Les assureurs disent toujours que le handicap coûte plus cher que la mort. J'étais officiellement handicapé depuis le matin même. J'avais reçu le courrier de la maison des personnes handicapées, comme un uppercut dans le plexus solaire. Allez ! On respire un grand coup, on souffle, on est en vie. Mon directeur et ma chef de service semblaient abasourdis de me voir debout et vivant. J'avais la mortification du revenant qui n'était plus attendu. Peut-être m'imaginaient-ils avec des poils allant jusqu'à terre et des tuyaux sortant par tous les orifices ?

Ma chef de service me dit par téléphone que je risquais de faire peur aux patientes et qu'il ne fallait plus que je consulte. Elle me dit que c'était l'avis du directeur. J'étais groggy : plongée dans une piscine de fientes.

Ils me proposèrent de prendre en charge la coordination de la qualité et du risque au sein du centre hospitalier de Sainte-Vis.

Je me dis : « Quel challenge ! » C'était comme si l'on me demandait d'être le capitaine d'une équipe de rugby ou de basket. Voir tout le monde, encourager tout le monde, gérer les événements indésirables, mettre en place des mesures correctives et leur suivi.

J'étais enthousiaste, euphorique. J'en parlai avec le médecin du travail qui me dit trois fois : « Réfléchissez. » Elle semblait plus circonspecte.

J'appelai Denis. Il me conseilla de faire ce qui me ferait plaisir, mais, à la fin, il se lâcha un peu : « On est quand même avant tout des médecins. On demande de plus en plus aux médecins de faire autre chose. Il y a de moins en moins de médecins et de plus en plus de problèmes et les directeurs ont de plus en plus de pouvoir. »

L'enthousiasme qu'avait suscité cette proposition venait de l'ancien Le Mag. Il retomba comme un soufflet. J'avais eu une ruade pavlovienne sur le gros os qui m'était proposé, qui était proposé à l'ancien moi-même. Tout le monde m'attendait, les collègues, les patientes, mais au sommet, une hydre à deux têtes était en embuscade. Ils avaient déjà fait leur plan sur ma carcasse. Le nouveau Malala Ambroise Gérard dit Le Mag voulait désormais de la grâce. Les directeurs d'hôpitaux, les chefs de pôle et autres sommités hospitalières pouvaient aller se faire foutre. Sauve qui peut ! C'est George qui avait raison. Il ne me restait que la vie. Tout ce qui me restait comme temps à vivre ne devait servir qu'à une seule chose : dire à ceux que j'aimais que je les aimais. Le reste n'était désormais que distraction. Je voulais de la grâce. J'en parlai au docteur Dasaive.

« Je ne suis pas à votre place, mais si vous jugez que le climat est hostile et pas bienveillant, n'insistez pas.

— Je tourne tout mille fois dans ma tête. Un bruit incessant. Je ne dors plus. Pensez-vous que je devienne parano ?

— Avec certains des médicaments que vous prenez, ça a été décrit », me dit-il avec un sourire en coin. »

Le médecin du travail que j'avais sorti de sa douche ce matin pour lui demander pourquoi il m'avait dit à trois reprises de réfléchir me confia : « Mais arrêtez de voir le mal partout. De toutes les façons, prenez ce poste. Rien n'est irréversible. Si ça ne va pas, vous arrêterez ».

Je vis tous mes médecins. Le docteur Chuespal était très fier de mes progrès et de mon retour au travail.

« Allez ! Soyez combatif ! Il n'y a que des gens comme vous pour secouer le cocotier. »

Sa visite me fit très plaisir. Nous avions le même âge. Il se projetait à fond.

J'avais toujours été un hyperactif cérébral. J'avais la chance d'être vivant. Il fallait que j'apprenne à moins me maltraiter. Je faisais désormais le pari de la bienveillance et je prenais ce poste, apaisé. On verrait bien.

XLVII

J'allai m'asseoir à la terrasse du Chai, rue de Buci, dans le quartier de Saint-Germain, là même où était né le filtranisme trente ans plus tôt. C'était ma première sortie aussi loin de chez moi. Je n'avais aucun esprit de conquête. Je me mettais juste là au monde parmi les humains. J'inspectai la terrasse pour repérer la meilleure table en attendant mes enfants qui ne sauraient tarder. C'était l'anniversaire d'Émilie. Je m'étais garé rue du Four pour avoir ma VNI à portée.

Cette nouvelle compagne me faisait penser à un conte de mon enfance où un monsieur tellement, tellement léger qu'il risquait de s'envoler à tout moment, se promenait tout le temps, tout le temps avec une valise pleine de pierres. Il se fit attaquer par des brigands qui pensaient qu'il se promenait avec son trésor, alors il s'envola, s'envola dans les nuages, pour de bon. Il ne fallait pas qu'on me dérobât mon appareil.

Lorsque mes enfants me rejoignirent, j'avais déjà entamé mon deuxième verre d'eau gazeuse et une conversation avec mon voisin de table, Xavier, Breton de son état, glorieux descendant des Vikings, issu d'une famille établie dans le Morbihan depuis le huitième siècle.

« Je suis en train de retaper un appart à Saint-Sulpice. »

J'en déduis que Xavier était un rentier. Seuls un rentier ou un gros investisseur probablement étranger pouvaient retaper un deux cents mètres carrés à Saint-Sulpice. Xavier parlait de lui avec beaucoup de facilité :

« Je suis architecte et la vie est très gentille avec moi. J'ai gagné de nombreux prix. Entre autres le prix Bettencourt de l'excellence manuelle. »

Probablement un prix spécial pour branleur de luxe.

« Un prix sur mesure fait pour vous ? m'enquis-je, faux-cul.

— Ah ! non ! Détrompez-vous. C'est un prix extrêmement coté. J'expose dans le monde entier, mais peu importe. Plus que mon art, ce qui me préoccupe, c'est la transmission. La transmission, il n'y a que ça de vrai. N'est-ce pas Sébastien ? »

Sébastien était un métis euro thaïlandais d'un mètre cinquante-cinq qui semblait être le compère, l'âme damnée et le compagnon de fortune de Xavier.

« Mais bien sûr, Xavier. D'abord, j'adore cet endroit, le Chai. Ma mère y était tout le temps, y était même *personna grata*.

— Pardon ! rappelez-moi votre nom ?

— Xavier Lebreton, me rafraîchit la mémoire Lucie qui s'était assise à mes côtés et n'avait pas perdu une miette de la conversation.

— Ouaip ! je vais Googler tout ça. »

À un moment, Sébastien et Xavier se mirent à avoir des attitudes de prédateur sur mes grandes filles. À angle droit de Lucie, l'un à droite, l'autre à gauche. Du coup, moi, j'étais dans l'angle mort... prêt à les calmer. Ils m'ignoraient et se penchaient vers Lucie, telles deux hyènes affamées.

« Alors ! Dis-nous. Tu as des peurs.

— Je n'ai pas de peur.

— Tu as une colère ?

— Pas de colère.

— Allez ! Va au fin fond de toi-même et dis-moi ce que tu as dans le ventre. »

Je les trouvais faux, dandys grotesques, mais surtout, presque méprisants, comme du mépris de classe, vous voyez. Quand ils interrogent, ils font leur marché.

Lucie se pinça les lèvres, leva les yeux au ciel.

« Dans le fin fond de mon ventre, j'ai un stérilet. »

Elle me fit un clin d'œil. Je savais qu'elle n'avait pas de stérilet. En fait, je n'en savais même rien, mais sa réponse eut le mérite de clouer le bec à nos deux pipoteurs.

Je me disais que leur familiarité était bien étrange. Je me demandais si nous ne nous étions pas donné rendez-vous pile-poil sur le lieu de départ d'une caravane libertine. C'était encore mon imagination qui me jouait des tours ou alors j'avais mal digéré Catherine Millet. Nous quittâmes la terrasse pour aller dîner dans une brasserie plus loin. Je respirais normalement. Je me retournai pour évaluer la distance qui me séparait de la voiture, de la VNI. Ça devrait aller.

J'avais quitté l'hôpital avec un petit chemin de deux millimètres dans ma trachée. « C'est fibreux. Je ne fais pas de biopsie », avait dit le docteur Turlot qui me faisait une ultime fibroscopie. « Une intervention chirurgicale serait trop risquée. Plus tard, peut-être. Pour le moment, un traitement médical devrait suffire. »

Ce tunnel hospitalier de six mois s'était terminé par un petit chemin fibreux de deux millimètres qui me suffisait pour respirer. C'était plutôt une bonne nouvelle. Je savais que, désormais, plus rien ne serait comme avant, et que guérir, c'était en quelque sorte faire son deuil de la nostalgie. De toutes les façons, il allait bien falloir vivre, quitte à en mourir. Comme disait Joseph : « On ne va quand même pas te chauffer l'air ambiant pour ta sortie. » Avec ma VNI, sur la pointe des pieds, surtout ne réveiller personne, je m'étais habillé de mes ailes de joie et m'envolai vers le monde. Je réalisai que Cochin était l'anagramme de Conchi. Elle devait vivre quelque part du côté de Burgos en Espagne. Je pensais que je renaissais à la vie. J'allais sûrement aller la voir. Pour répondre à sa question sur mon âme.

J'avais pensé pour ma mort à une incinération et une dispersion de mes cendres dans la rouge ville de Mbanza-Ngungu, au Congo, puis je m'étais ravisé. J'avais voulu ensuite une toute petite place, disons un centimètre carré, à Montparnasse, entre Gainsbourg, Baudelaire et Clara Haskil.

Mais cela n'était plus d'actualité.

29 décembre 2020